W0055592

Mazen Maarouf
Ein Witz für ein Leben

Mazen Maarouf

Ein Witz
für ein Leben

Storys

Aus dem Arabischen
von Larissa Bender

Unionsverlag

Die Originalausgabe erschien 2015 bei Al-Kawkab Press Services S. A. R. L.,
Imprint of Riad El-Rayyes Books S. A. L.
Deutsche Erstausgabe

Im Internet
Aktuelle Informationen, Dokumente und Materialien
zu Mazen Maarouf und diesem Buch
www.unionsverlag.com

© by Mazen Maarouf, 2015
Originaltitel: Nukat li-l-musallaḥīn
© by Unionsverlag 2020
Neptunstrasse 20, CH-8032 Zürich
Telefon +41 44 283 20 00
mail@unionsverlag.ch
Alle Rechte vorbehalten
Umschlagillustration: Inga Israel
Lektorat: Patricia Reimann
Satz: Greiner & Reichel, Köln
Druck und Bindung: Pustet, Regensburg
ISBN 978-3-293-00558-7

Der Unionsverlag wird vom Bundesamt für Kultur mit einem
Verlagsförderungs-Strukturbeitrag für die Jahre 2016–2020 unterstützt.

Auch als E-Book erhältlich

Inhalt

Ein Witz für ein Leben

Eine Paprikapflanze

Ich träumte, dass Vater ein Glasauge hatte. Als ich aufwachte, schlug mein Herz heftig – wie das einer verschreckten Kuh. Ich lächelte glücklich, denn endlich schien es Wirklichkeit geworden zu sein: Mein Vater hatte ein Glasauge. Als ich klein war, schenkte Vater mir einmal zum Geburtstag eine Paprikapflanze. Es war ein eigenartiges Geschenk, dessen tieferen Sinn ich damals nicht verstand. Von Zeit zu Zeit hörten wir Schüsse, aber wir hatten uns daran gewöhnt wie an das Hupen vorbeifahrender Autos. Und genauso wenig, wie ich verstand, was da draußen vor sich ging, verstand ich, warum Vater mir ausgerechnet eine Paprikapflanze geschenkt hatte. Sie hatte zwei kleine Paprikaknospen, und ich glaubte, sie würden mich und meinen Zwillingsbruder verkörpern.

Die Bewaffneten kämpften monatelang um unsere Straße, die zwischen dem Meer und der Innenstadt lag, doch Mutter schickte mich trotzdem zur Schule, mich und meinen tauben Zwillingsbruder, der sich auf dem Schulweg aus Angst hinter mir versteckte.

Ich mochte Vaters Geschenk damals nicht, ich fand es anormal und abscheulich und erzählte keinem meiner Mitschüler davon. Trotzdem kümmerte ich mich um die Pflanze, so wie Vater es von mir verlangt hatte. Vater, der eine Reinigung hatte, zeigte mir, wie man die kleinen Knospen mit einem Stück Baumwolle abreibt und mit einer Kerze beleuchtet, damit sie Vitamine bekommen und wachsen. Er machte das ganz vorsichtig. »Du musst die Pflanze gut pflegen, damit sie Knospen bekommt. Dieser Paprikabusch soll dein Freund werden«, sagte er. Durch Vaters Verhalten verstand ich, dass jede kleine Paprikaknospe eine Seele hat, und dass ich sie schützen musste, was immer es kostete. Das war meine kleine unbedeutende Aufgabe im Krieg. Manchmal, wenn die Gefechte heftiger wurden und die Bewaffneten schwere Waffen wie Mörser und RPGs einsetzten, legten sich meine verängstigte Mutter und mein Bruder im Flur zwischen Wohnzimmer, Küche und Badezimmer auf den Boden, während ich mich neben den Fernseher stellte – wo mich die Heckenschützen besonders gut sehen konnten. Ich beleuchtete die dort stehende Paprikapflanze mit einer Kerze, in dem Glauben, dass auch unsere Seelen, die von mir, meinem Bruder, von Vater und Mutter, in den kleinen Paprikaschoten steckten, und dass, wenn ich mich um sie kümmerte, niemand von uns in Gefahr war, getötet zu werden, insbesondere nicht Vater, der erst am Abend nach Hause kommen würde. Auf diese Weise vertiefte sich meine Beziehung zu der Paprikapflanze, und ich begann, sie zu mögen, auch wenn ich sie einmal eine Zeit lang nicht goss, sondern stattdessen anspuckte. Statt ihr Wasser zu geben, trank ich es selbst, denn Mutter sagte immer wieder, dass Wasser knapp sei und die Menschen verdursten würden. Ich bekam Angst und trank das Wasser selbst, denn ich stellte mir vor, dadurch in der Zukunft keinen Durst leiden zu müssen. Außerdem fand ich, dass das Gießen mit meinem Speichel die Paprikapflanze und mich einander noch näher brachte. Bis Mutter mich eines Tages dabei erwischte und es Vater erzählte, als er von der Arbeit kam.

Das war das erste Mal, dass Vater mich mit dem Gürtel schlug. Er war unfassbar wütend, und ich fragte mich: »Verdient das Bespucken der Paprikapflanze wirklich solche Wut?« Ich sah, wie mein tauber Bruder die Augen zukniff und jedes Mal, wenn der Gürtel auf meinen Körper schlug, zusammenzuckte. Als Vater von mir abließ, kroch ich heulend und tränenüberströmt auf die Paprikapflanze zu und versuchte herauszubekommen, in welcher der Schoten die Seele meines Vaters steckte. Es war ganz einfach. Ich wählte die größte Schote aus, riss sie eiskalt ab und zermalmte sie mit dem Fuß.

Grashüpfer

In der Schule prahlten die Kinder mit Geschichten, wie ihre Väter sie geschlagen hätten. Das Schlagen war Ausdruck der Autorität des Vaters in der Familie, denn Stärke war das Wichtigste für uns im Krieg. Mein Vater stand nicht an der Spitze der Hierarchie dieser Väter, er war kein Meister im Erfinden brutaler Strafen. Voller Stolz erzählte ich, dass er mich mit dem Gürtel verprügelt hatte, und als ich nach dem Grund dafür gefragt wurde, log ich und sagte nicht: »Ich habe die Paprikapflanze angespuckt«, sondern ich erfand stattdessen eine Geschichte, die zeigen sollte, dass ich, als wäre ich aus heroischem Holz geschnitzt, etwas äußerst Mutiges getan hatte: »Ich habe das Valium meiner Mutter geschluckt, eine ganze Schachtel. Da hat mein Vater so lange auf mich eingeprügelt, bis ich die Tabletten alle wieder ausgekotzt habe.«

Einige Tage nachdem ich mit meinem Heldenepos geprahlt hatte, erzählte mir ein Mitschüler, mit dem ich befreundet war, dass er beobachtet habe, wie mein Vater auf der Straße verprügelt worden sei. »Er hatte einen braunen Gürtel an«, sagte er, »aber er hat ihn nicht benutzt. Ist das nicht derselbe Gürtel, mit dem er dich verprügelt hat?« »Doch!«, nickte ich, denn Vater besaß nur einen einzigen braunen Gürtel. Der Freund, der das alles gesehen hatte, als hätte er durch einen Guckkasten geschaut, in den man den Kopf hineinstecken muss, beschrieb mir den Gürtel. Als Vater am Abend nach Hause kam, fiel mir auf, dass die Flecken in seinem Gesicht keine Verbrennungen durch Bügeldampf waren. Um herauszufinden, wie weh sie ihm taten, berührte ich den größten Fleck in seinem Gesicht mit dem Finger, während er schlief. Er zuckte vor Schmerz zusammen, drehte, ohne die Augen zu öffnen, sein Gesicht zur Seite und tat, als schliefe er einfach weiter.

In jenem Moment wurde mir bewusst, dass Vaters Seele endgültig aus der Paprikapflanze entwichen war. Ich schimpfte mit mir selbst. Hätte ich nicht die größte Schote abgerissen und mit dem Fuß zerquetscht, wäre Vater nicht so schwach geworden. Und feige. Und das schmerzte mich noch mehr. Danach hat Vater mich nie wieder geschlagen – trotz meiner Versuche, ihn zu provozieren. Mehrmals bespuckte ich in seiner Anwesenheit die Paprikapflanze, doch er reagierte nicht, wie kräftig und geräuschvoll ich auch spucken mochte.

Von da an sprach Vater nicht mehr viel. Die meiste Zeit verbrachte er im Badezimmer, wo er auf dem Badewannenrand saß. Ich spähte durchs Schlüsselloch: Er schien mir wie abwesend, ihm tropfte sogar der Speichel aus dem Mund, ohne dass er es zu bemerken schien. Durch die Tür hindurch flüsterte ich ihm mit zusammengepressten Zähnen zu, wie ein Freund, der ihm einen Rat gibt, während er mit ihm – auf dem Rand einer Badewanne hockend – am Meer sitzt und angelt: »Weine nicht. Nicht weinen ...« Und Vater weinte nicht. Deshalb war ich davon überzeugt, dass er noch genügend Standhaftigkeit besaß.

Einige Zeit später waren auf seiner Kleidung Spuren von Fußtritten sichtbar, als er nach Hause kam. Er nahm den Fernseher und stellte ihn unter den Baum vor das Haus. Der Fernseher hatte zwar keinen Defekt, aber Vater wollte, dass alle sähen, dass er nichts mit Politik zu tun habe. Trotz allem ging Vater weiterhin täglich zur Arbeit, denn die Reinigung hatte die Kleidung der Gäste eines großen Hotels zu waschen und zu bügeln. Die meisten Hotelgäste waren ausländische Journalisten, die von weit her gekommen waren, um über den Krieg zu berichten, der in unserer und den benachbarten Straßen tobte.

Dass mein Vater geschlagen worden war, kursierte bald in der gesamten Schule. Ich wurde deshalb als Grashüpfer bezeichnet, weil auch mein Vater ein Grashüpfer sei. Denn Grashüpfer ergreifen stets die Flucht, statt anzugreifen. Um diesen Spottnamen wieder loszuwerden, erfand ich Geschichten, wie mein Vater mich brutal verdrosch. Zum Beispiel fügte ich mir auf dem Schulweg mit Zigaretten Brandwunden auf meinem Arm und meinem Bauch zu, oder ich zerriss meine Schuluniform oder zerkratzte meinen Hals und rieb mir die Augen. Ich ging also morgens vor der Schule eine verlassene Gasse entlang und fügte mir eine gehörige Portion Selbstverletzung zu. Manchmal tat es höllisch weh. Wenn ich in diesem Zustand in die Schule kam, scharten sich die Kinder um mich, und sofort platzte es aus mir heraus, während ich mich wie erschöpft auf das Tor stützte: »Das war mein Vater. Er hat mich wieder geschlagen. Er ist kein Grashüpfer, wie ihr sagt.« Doch bald wurde ich zur Direktorin gerufen. Nachdem sie mich untersucht hatte, sagte sie: »Ich habe das Gefühl, dass du dir das selbst angetan hast«, weil kein Vater seinen kleinen Sohn auf diese Weise am Hals kratzt, wenn er ihn schlägt, oder ihn mit Zigaretten verbrennt und ihn dann in die Schule schickt. Also bestellte sie Mutter ein, die auf der Stelle kam und, sobald wir die Schule verlassen hatten, auf mich einzuschlagen begann – noch in Sichtweite der Schüler, die sich in den Klassenzimmern an die Fenster drückten und hämisch lachten, wie Ratten.

Zum ersten Mal hatte ich das Gefühl eines Misserfolgs. Ich war bereit, auf alles zu verzichten, etwa auf mein kleines Königreich aus Matchbox-Autos, nur damit Vater zu einer angsteinflößenden Persönlichkeit würde. Ich würde auch meine Spardose knacken, in deren Spalt ich stets meine Träume geflüstert hatte. Ich glaubte nämlich, dass das Hineinflüstern der Träume in den Geldspalt die Spardose in die Lage versetzen würde, alle Träume zu erfüllen. Wenn man der Spardose seine Träume anvertraute, vermehrte diese die Geldsumme, sodass sie dem Preis der Träume angemessen war. Und mein Traum war immer gewesen, so eine silberne 6-mm-Pistole kaufen zu können, wie sie mindestens drei Jungen in unserem Haus besaßen.

Jetzt aber bestand der Traum darin, ein Glasauge für meinen Vater zu bekommen.

Der Sahlab-Verkäufer

Die Idee mit dem Glasauge war zwar nicht meine Erfindung, sondern die des Sahlab-Verkäufers in der Schule, aber mir war von Anfang an klar, dass ich in Vaters Gesicht eine Veränderung herbeiführen müsste. Ein Teil seines Kopfes musste geopfert werden, um ihn als Ganzes zu retten. Aber ich wusste nicht, welchen Teil ich opfern sollte, und ich wusste nicht, wie. Wenn er nachts schlief, betrachtete ich ihn. Ich musterte seine Gesichtszüge und versuchte abzuschätzen, was ich entfernen oder verunstalten müsste, damit er angsteinflößend wirkte. Doch ich kam zu keinem Schluss, denn Vater hatte ein kleines Gesicht, und außerdem war sein unruhiger Schlaf nicht hilfreich für meine Überlegungen. Vater war jemand, der ganz unvermittelt seine Augen öffnete, einen erschrocken ansah und dann sagte: »Warum schläfst du noch nicht? Hast du Angst?« Und was sollte ich in so einem Fall tun? Es war dieselbe Frage, die mir durch den Kopf schoss, sobald ich sah, dass er plötzlich die Augen aufschlug: »Papa, hast du Angst?« Und um deutlich zu machen, dass wir auf einer Wellenlänge waren, sagte ich: »Nein, Papa. Wir haben keine Angst, nicht wahr?«

»Natürlich nicht«, sagte er zögerlich mit gedämpfter Stimme. Dann begleitete er mich in mein Zimmer, damit ich wieder schlafen ging, und setzte sich auf die Kante des Bettes, in dem ich und mein Bruder schliefen. Vollkommen in Gedanken versunken, blieb er dort sitzen, so wie er immer auf dem Badewannenrand saß. Sobald ihm der Speichel aus dem Mund zu fließen begann, drückte ich die Augen fest zu und tat, als schliefe ich. Dann stand er auf, ging in die Küche, trank etwas Wasser und kehrte in sein Bett zurück, neben meine Mutter, deren Schlaf so schwer war wie der eines Murmeltiers.

Der Sahlab-Verkäufer war ein Spitzel. Zweimal am Tag kam er zur Schule. Er war klein, glatzköpfig, hatte ein fliehendes Kinn und einen dünnen Schnurrbart. Er trug Müllmännerschuhe, weshalb viele Kinder in der Schule kein Sahlab bei ihm kauften. Doch das schien ihn nicht zu kümmern, denn er tauchte trotzdem zweimal täglich auf, ohne etwas zu sagen. Wir haben ihn niemals sprechen gehört. Wir haben ihn auch niemals erregt gesehen. Er hörte sich unsere Bestellung an, nahm das Geld entgegen und gab das Wechselgeld heraus, wenn es nötig war. Sein rechtes Auge fehlte, aber die Kinder, die Sahlab bei ihm kauften, ließen sich davon nicht schrecken. Was wirklich störte, waren eher die Müllmännerstiefel, die er trug. Jedenfalls mehr als sein fehlendes Auge. Vielleicht weil der Anblick von versehrten Körpern im Krieg so normal war wie die Werbung für importierten Käse, die einem vertraut ist, obwohl man weiß, dass man niemals auch nur in die Nähe eines solchen Käses kommen wird. Oder weil man im Fernsehen jeden Tag mindestens eine Leiche oder zwei sieht. Oder weil einer der Schüler einem im Detail erzählt, wie ein Verwandter durch eine Granate

umgekommen ist. Aber eine Leiche zu sehen, die Müllmännerstiefel trägt, das war unmöglich! Und der Sahlab-Verkäufer war abstoßend wie eine Leiche! Doch
niemals wurde er von den Bewaffneten geschlagen. Als
ich einmal außerhalb des Hauptportals der Schule ein
Glas Sahlab von ihm kaufte und ihn fragte: »Haben
die Bewaffneten dich jemals geschlagen?«, antwortete
er nicht. Da hob ich meine Stimme: »Sag mal, die Bewaffneten, die am Ende der Straße stehen, haben die
dich jemals geschlagen?«, doch er schüttelte nur den
Kopf, ohne mich anzusehen. Ich verspürte ein großes
Glücksgefühl. »Danke«, sagte ich und erklärte mir diesen Umstand damit, dass es auf jeden Fall mit seinem
fehlenden Auge zu tun haben müsse.

Eine Niederlage

Einige Zeit später stellte ich meine Schulbesuche ein,
denn ich war zu einem öffentlichen Pissoir geworden.
Alle leerten ihre beschissenen Witze über mir aus. Insbesondere nachdem Mutter mich vor meinen Mitschülern geohrfeigt hatte. Ich hatte keine Schuldgefühle,
und ich dachte nicht über die Konsequenzen nach,
sondern rechtfertigte mein Schuleschwänzen vor mir
selbst damit, eine Auszeit zu benötigen und darüber
nachdenken zu müssen, wie ich Vater helfen könne.
Irgendwie müsste ich eine Beziehung zu den Bewaffneten knüpfen. Einer ihrer Verbündeten werden. Und

dafür müsste ich ihre Aufmerksamkeit auf mich ziehen. Ein großes Ding drehen! Bummmm! Das sie veranlassen würde, mich einem Verhör zu unterziehen. Das sie glauben lassen würde, ich arbeitete für die Konkurrenz. Schon am nächsten Tag bot sich die Chance. Ich stahl einen Karton, den einer von ihnen auf einem Mauervorsprung hatte stehenlassen, in der Nähe des Gebäudes, das sie besetzt hielten. In dem Karton befanden sich eine Tüte Linsen, einige Medikamentenpackungen, medizinische Rezepte, der Spiegel eines Peugeots und ein Plastikteil, von dem ich nicht wusste, wozu es gut sein sollte. Die Medikamente waren für die Mutter eines rangniederen Bewaffneten. Ich schnappte mir den Karton und rannte los. Zwei Bewaffnete holten mich ein. Sie schossen nicht auf mich, denn sie konnten mich schon bei einem parkenden Auto stellen, bevor sie überhaupt darüber nachdachten, ob sie das Feuer eröffnen sollten. Nicht lange, und ich fand mich in einem Zimmer im zweiten Stock des Gebäudes der Bewaffneten wieder. Als das »Verhör« begann (ich möchte es gerne so nennen), bat ich um einen Stuhl, um mich setzen zu können. Da ging eine Hand, so leicht oder so schwer wie eine oder anderthalb Tauben, auf meinen Hals nieder. Um keine Tränen zu vergießen, räusperte ich mich, als müsste ich meine Kehle reinigen. Ich hatte mich doch nicht hierherbringen lassen, um Schläge zu empfangen. Außerdem bedeutete ein Schlag auf den Hals, zumindest in der Schule, dass die geschlagene Person bedeutungslos war. Hätte sie Gewicht, würde man ihr ins Gesicht schlagen oder gegen den Kiefer, oder man würde ihr in den Bauch boxen. Das war eine Beleidigung. Aber ich richtete mich auf, kerzengrade, und versuchte, ihnen zu zeigen, wie viel ich aushalten konnte. Außerdem wollte ich, dass sie mich dafür bewunderten. Doch der Anführer der Bewaffneten fragte nur: »Sind die Schulen heute geschlossen?« Er musterte meine Schuluniform und meine Schultasche, und noch bevor ich antwortete, machte die Frage unter den Bewaffneten die Runde. Denn ein plötzliches Schließen der Schulen bedeutete, dass die Sicherheitslage sich verändert hatte und die Bewaffneten in Alarmbereitschaft sein müssten. Im Radio hatten sie aber nichts davon gehört. Und der Karton, den ich hatte mitgehen lassen, gehörte bloß einem bemitleidenswerten Bewaffneten, dessen Aufgabe es war, den anderen Kaffee, Tee und Sandwiches zu machen. Seine Mutter war schwer krank, und er musste eigentlich nach Hause, um ihr eine Linsensuppe zu kochen und die Medizin zu bringen. Doch wegen meines Verhörs war er gezwungen zu bleiben. Das ärgerte ihn, und deshalb war er es gewesen, der mich auf den Hals geschlagen hatte.

Sie jagten mich davon. Mein Plan war vereitelt. Sie hatten mich noch nicht einmal gefragt, warum ich den Karton gestohlen hatte. Doch ich ging nicht weg. Ich kehrte nicht nach Hause oder in die Schule zurück, sondern ich blieb dort. Ich stellte mich in die Nähe des Checkpoints und schaute ihnen zu, wobei ich fest entschlossen war, mich nicht einzumischen, wenn die

Bewaffneten auf die Idee kamen, einen Passanten zu schlagen, und selbst wenn es Vater gewesen wäre. Ich war schließlich dort, um mit ihnen einen Handel abzuschließen: Ich wollte ihnen meinen Zwillingsbruder verkaufen. In der Schule hatte ich gehört, wie der Fahrer des Schulbusses mit der Lehrerin für Naturwissenschaften darüber gesprochen hatte, dass einige Bewaffnete mit Organen handelten, besonders mit denen von Kindern. Mein Problem war nun herauszubekommen, welche der Bewaffneten mit Organen handelten und welche nicht. Das hatte der Busfahrer gegenüber der Lehrerin nämlich nicht erwähnt. Und als ich zu ihm ging und danach fragte, spottete er – vielleicht um die Bewunderung der schönen Lehrerin zu gewinnen: »Um das zu wissen, frag sie, ob sie zu den Organliebhabern gehören!« Also musste ich sie selbst danach fragen.

Der Deal

Ich hoffte inständig, dass die Bewaffneten Organliebhaber waren. Mein tauber Bruder war eine einträgliche Ware. Okay, zugegeben keine Ware erster Güte, denn dass die Ohren meines Bruders nicht funktionierten, hieß, dass ein Teil von ihm mangelhaft war. Das stimmte tatsächlich, denn mein Bruder hatte offensichtlich während eines Fiebers seine Ohren so intensiv benutzt, dass er jetzt kein Gehör mehr hatte. Außerdem gab es zwei wie ihn. Mich und ihn. Das würde selbstverständlich den Preis drücken. Aber mit seinem Gegenwert plus der Summe aus der Spardose wäre es mir möglich, ein Glasauge für Vater zu erstehen. Außerdem gab es noch einen anderen Grund, der die Bewaffneten sicher dazu bewegen würde, ihn zu kaufen: Mein Bruder hatte zwei Herzen.

Wirklich. Das sagte Mutter immer. Damit ich mich für meinen Bruder nicht schämte, wiederholte sie in meiner Gegenwart stets, dass Kinder mit einer Behinderung, wie taube, stumme, blinde oder anderweitig behinderte Kinder, ein zweites Herz hätten. Gott nehme ihnen einen Sinn und gebe ihnen stattdessen auf der rechten Seite der Brust ein zweites Herz. Weil auf der linken Seite nicht genügend Platz sei. Und mein Bruder hört nicht. Als wir klein waren, erkrankten wir – wie alle Zwillinge beide gleichzeitig – an Fieber. Und als wir das Fieber überstanden hatten, stellte ich fest, dass es ihm das Gehör genommen und in mich eingepflanzt hatte. Ich sagte es ihm aber nicht. Meine Fähigkeit zu hören, verstärkte sich tatsächlich, und er hörte überhaupt nichts mehr. Er spricht seitdem auch nicht mehr viel mit mir, sondern lächelt nur noch. Weil er zwei Herzen hat. Und darauf setzte ich bei den Bewaffneten. Ich sprudelte alles auf einmal heraus, aber die Sache mit den zwei Herzen hob ich bis zum Schluss auf. Als Schock. Wie eine Granate, die einen vollbesetzten Bus mit behinderten Kindern trifft.

Ich marschierte zu einem Bewaffneten und fragte ihn: »Gehört ihr zu den Organliebhabern?« Aus Angst, er würde nicht »Ja« sagen oder mich wegjagen, fügte ich rasch hinzu: »Ich habe einen Bruder, der sich verkaufen will. Mein Bruder und ich, wir sind eins. Er will sich an euch verkaufen, aber ich werde das Geld in Empfang nehmen. Und ich will euch nicht übers Ohr hauen: Er hört nicht. Außerdem gibt es zwei von ihm: mich und ihn. Aber mein Bruder hat zwei Herzen.«

Der Bewaffnete sah mich an und fragte: »Zwei Herzen? Und du willst, dass wir mit Organen handeln? Was weißt du Scheißerchen denn über menschliche Organe?«

»Alles«, log ich.

»Alles? Dann zeig mal: Wo ist dein Penis?«

»Der ist hier im Körper«, sagte ich und legte meine Hand auf die Hüfte, links vom Nabel. Der Bewaffnete prustete los vor Lachen. Tatsächlich hatte ich immer gedacht, dass der Penis des Menschen mit der Niere zu tun habe, aber ich wusste nicht, wo genau er war. Niemand hatte mir gesagt, dass der Penis der Schniepel ist (so nennt ihn Vater), mit dem ich pinkele.

Nachdem er sich beruhigt hatte und sah, in welcher Klemme ich mich befand – mein Gesicht war rot angelaufen wie eine Tomate –, sagte er: »Na klar! Los, geh deinen Bruder holen!«

Ich konnte kaum glauben, was ich da gehört hatte. Mir kam auch nicht in den Sinn, dass der Bewaffnete sich vielleicht über mich lustig machte. Den ganzen Weg über dachte ich darüber nach, dass ich mich, käme der Handel zustande, für meinen Vater auch an den

Bewaffneten gerächt hätte, die ihn verprügelt hatten. Mit dem Geld, das ich von ihnen bekommen würde, würde ich Vater ein Glasauge einsetzen lassen, das allen Angst einflößen würde. Ich wartete, bis die Schule aus war, dann kehrte ich nach Hause zurück. Ich war überglücklich. Wie gewöhnlich waren mein Bruder und meine Mutter zu Hause. Mein tauber Bruder lächelte mir zu. Ich brachte ihn ins Bad, wusch ihm das Gesicht und forderte ihn auf, den Mund zu öffnen, um seine Zähne zu checken. Dann untersuchte ich, ob seine Ohren sauber waren. Ich hörte, wie Mutter Gott anflehte, mich zu schützen. Mein Bruder aber verstand nichts. Mit Gesten bedeutete ich ihm: »Wir beide gehen jetzt«, und dann: »Wir werden Mama nicht Bescheid geben.« Er lächelte auf diese Art und Weise, dass man wirklich dachte, er habe zwei Herzen.

Ich brachte meinen tauben Zwillingsbruder zu den Bewaffneten. Wegen seiner Taubheit ließ Mutter ihn eigentlich nicht aus dem Haus, er durfte noch nicht einmal vor dem Haus spielen, denn er konnte ja den Lärm der Gefechte, wenn sie plötzlich ausbrachen, nicht hören und wäre den Heckenschützen ein leichtes Ziel. Ich sagte zu Mutter: »Ich gehe ihm etwas aus dem Laden holen«, und sie war glücklich, denn zuvor hatte ich mich nicht so um meinen Bruder gekümmert. Als wir zu den Bewaffneten kamen, schob ich ihn ein Stück nach vorn und sagte: »Das ist er. Er sieht genauso aus wie ich, aber er hört nichts. Und, wie ich schon sagte, er hat zwei Herzen.« Mein Bruder spürte, dass etwas im Schwange war. Er drehte sich um und klammerte sich Hilfe suchend an mein Hemd. Ich fühlte seinen Griff, seine Finger glichen fest angezogenen Muttern. Er hatte Angst. Wie ein Ziegenböckchen stemmte er die Füße gegen den Boden und schaute mich an. Gestikulierend sagte ich: »Das ist Papa zuliebe.«

»Du bist hier, um deinen Bruder zu verkaufen?«, fragte der Bewaffnete.

»Ja, und wenn wir uns nicht einig werden, verkaufe ich ihn an jemand anderen«, antwortete ich voller Selbstvertrauen.

»Wenn du es so ernst meinst, dann komm mal mit! Wir werden uns oben einigen«, sagte er und bedeutete meinem Bruder zu warten. Als mein Bruder sah, dass ich mit dem Bewaffneten das Gebäude betrat, brach er in Tränen aus, aber ich beruhigte ihn aus der Ferne.

Mein tauber Bruder

Das war das erste Mal, dass mich die Bewaffneten schlugen. Es waren zwar nicht die gleichen Bewaffneten, die Spuren ihrer Fußtritte Vaters Hemd hinterlassen hatten, aber ich machte zum ersten Mal die Erfahrung, wie es ist, zu Boden zu gehen. Auf dem Nachhauseweg war mein Bruder traurig wegen mir. Auf halber Strecke hielt er an und berührte meine Wangen, wie ich es bei Vater getan hatte – mein Hals und meine Wangen waren blau angelaufen –, und sobald er das tat, fiel ich auf den Gehsteig, tat, als ob ich schliefe, und drehte meinen Kopf zur anderen Seite. Ich ließ es sogar zu, dass er mir half aufzustehen. Kaum zu Hause angekommen, verlor Mutter die Nerven, sie begann zu zetern und wollte wissen, was passiert sei. Statt ins Bad zu gehen, mich auf den Badewannenrand zu setzen und den Speichel fließen zu lassen, stellte ich mich vor die Paprikapflanze und begann, sie zu untersuchen. Eine der Schoten war verwelkt und verschrumpelt. Der Anblick machte mich vollkommen fertig. Ich sagte mir, dass diese Schote bestimmt meine kleine Seele sei, die erniedrigt worden war. Am nächsten Tag tat ich nicht einmal so, als ginge ich zur Schule. Ich verließ das Haus nicht und verbrachte den ganzen Tag damit, die verwelkte Paprikaschote mit Wasser zu besprühen und sie anzupusten, um sie wieder zum Leben zu erwecken. Aber ohne Erfolg. Zur Mittagszeit trennte sich die kleine Paprikaschote von der Pflanze und fiel in den Blumentopf. Ich sprang auf, das heftige Schlagen meines Herzens fühlte sich an wie Fußtritte. Aber ich erkannte nicht, dass die verwelkte Schote nichts mit meiner Seele zu tun hatte, sondern mit der meines Bruders. Am Nachmittag jenes Tages kehrte der Schulbus meines Bruders nicht von der Schule zurück. Wir erfuhren später, dass er von einer Granate getroffen worden war. Mein Bruder verkohlte, genau wie alle anderen Kinder im Bus. Ihre Körper klebten aneinander, und deshalb wurden sie gemeinsam auf einem kleinen, weit entfernten Feld in der Nähe der Schule begraben.

Mein Bruder war in eine Sonderschule für Taub-
stumme und Blinde gegangen. Der Schulbus war für
alle anderen Kinder in der Straße eine Attraktion, denn
die Insassen schienen für sie seltsame Wesen zu sein. Aus
dem Bus stieg der Duft von Teig, Bananen und Milch
auf, und mir oblag die morgendliche Aufgabe, zusammen mit meinem Bruder auf ihn zu warten. Ich hasste
das. Sobald mein Bruder in den Bus gestiegen war, begannen einige Kinder im Bus, verwundert lachend auf
mich zu zeigen, weil ich sein Ebenbild war. Mein Bruder aber liebte das, denn er war stolz auf unsere große
Ähnlichkeit. Ich wandte das Gesicht ab, nachdem er in
den Bus gestiegen war, damit unsere Blicke sich nicht
mehr trafen. Und während er an der Scheibe klebte und
mir breit und blöde lächelnd zuwinkte, hatte ich das
Gefühl, dieses Lächeln würde sich von seinem Gesicht
lösen und in einen glitschigen Frosch verwandeln, der
mir auf die Nase hüpfte.

Ein Witz für ein Leben

Nach dem Tod meines Bruders hörte Mutter auf zu
essen. Sie rauchte viel und stritt ständig mit Vater, der
weiterhin seiner Arbeit in der Reinigung nachging und
von den Bewaffneten verprügelt wurde. Wenn er nach
Hause kam, setzte er sich im Bad auf den Wannenrand,
und der Speichel floss ihm aus dem Mund, mehr als je
zuvor, aber er weinte nie. Ich betrachtete ihn und biss

die Zähne zusammen. Ehrlich gesagt, hatte mich der Verlust meines Bruders nicht sonderlich mitgenommen, denn die Vorstellung, dass es zwei von ihm gab, und dass nur einer von beiden gegangen war, ließ mich den Schrecken des Verlustes nicht so stark spüren. Für mich war es ein halber Verlust, oder vielleicht sogar nur ein Viertel Verlust, wenn wir die Tatsache in Betracht ziehen, dass das Gehör meines Bruders bei mir geblieben war. Deshalb setzte ich meinen Plan unbeirrt fort, ein Glasauge für Vater zu beschaffen. Ich ging wieder in die Schule, denn der Tod meines Bruders hatte mich gerettet, ich hatte den Respekt meiner Mitschüler zurückbekommen. Sie spotteten nicht mehr über mich, denn es gehörte sich nicht, über einen Mitschüler zu lachen, der seinen tauben Bruder durch eine Granate verloren hatte.

Für Vater verbesserte sich die Situation nicht, denn der Verlust seines Kindes machte die Bewaffneten darauf aufmerksam, dass er nicht nur schwach, sondern dazu noch traurig war. Jetzt, da er seinen Anteil an Prügeln bezogen hatte, sagten sie nicht mehr »Wir sind hier, um euch zu beschützen«, sondern verlangten von ihm, ihnen Witze zu erzählen. »Los, erzähl uns einen Witz, bevor du gehst! Nimm dir Zeit.« Und mein Vater sollte sich einen Witz ausdenken. Du musst natürlich ein ziemlich guter Erzähler sein, um von einer Ansammlung Bewaffneter deine Freiheit zu erlangen. Deine Geschichte muss überzeugend und spannend sein, sehr kurz, und sie muss die Leute zum Lachen bringen. Nicht wie zum Beispiel diese Geschichte hier.

Vater und ich verbrachten nun mehr Zeit miteinander. Obwohl wir wegen des Todes meines tauben Bruders noch in der Trauerzeit waren, mussten Vater und ich gemeinsam Witze schmieden. Witze für eine Woche, jeden Tag einen. Nur für die Bewaffneten. Und jeder Witz musste es in sich haben. Manchmal musste er auch schmutzig sein. »Schon gut, du darfst ruhig schmutzige Wörter in den Mund nehmen. Wichtig ist der Witz«, sagte Vater. Mutter konnte sich an unseren abendlichen Zusammenkünften nicht beteiligen. Sie war die Mutter des verstorbenen Jungen, und sie war vollkommen verzweifelt. Sie war ganz bleich und still und schmal. Der Tod meines Bruders schien meine Mutter leer gemacht zu haben.

Ich muss gestehen, dass die Witze nicht gut waren. Ich zumindest konnte nicht über sie lachen, und obwohl ich an ihrer Entstehung beteiligt war, verstand ich die meisten gar nicht. Vater aber fand sie durchaus passabel. Immer wenn wir einen Witz fertig hatten, lächelte er entspannt und strich einen schlimmen Tag aus dem Kalender. Manchmal verbrachten wir die ganze Nacht damit, eine lustige Geschichte zu erfinden. Und manchmal mussten wir früh am Morgen aufstehen, uns an den Küchentisch setzen und flüsternd ein passendes Ende für einen noch unfertigen Witz finden. Mitunter suchte ich auch Hilfe bei älteren Schülern. Ich bat sie, mir einen Witz zu erzählen, einen wirklich komischen, und sie kamen meiner Bitte sofort nach, aus Mitgefühl, weil sie glaubten, ich hätte wegen des Verlustes meines Bruders ein dringendes Bedürfnis zu lachen. Also erzählten sie mir die Witze, die sie kürzlich gehört hatten, und ich erzählte sie abends Vater weiter. Dann begannen wir, sie abzuwandeln, damit sie wie neu waren, wie nie gehört. Immer wenn wir einen Witz fertig hatten, bemerkte ich, dass Vater älter aussah.

Vater sagte, dass er den Bewaffneten manchmal einen Witz erzählen musste, während das Radio lief. Doch wenn die Nachrichten begannen, sagten sie »Schhhhhh«, und mein Vater schwieg. Er wartete bis zum Ende der Nachrichten, dann begann er, den Witz noch einmal von vorne zu erzählen. Vertat er sich mit einem Detail, setzte es eine Ohrfeige, und eine Stimme sagte: »Beim ersten Mal hast du ihn aber anders erzählt.« Wenn Vater dann fertig war mit Erzählen, riefen sie ihm in Erinnerung, dass sie wie Brüder für ihn seien und dass er immer zu ihnen kommen könne, wenn er etwas brauche. Schließlich seien sie für unseren Schutz und unsere Unterstützung da. Ich aber wusste, dass sie logen. Und ich fragte mich: »Wenn sie ihn schützen wollen, warum haben sie ihm dann bis jetzt noch kein Auge ausgeschlagen?« Bestimmt wussten sie, dass mein Vater ihnen mit einem Glasauge Angst machen würde.

Die Nilpferde

Ich musste handeln. Irgendetwas tun. Es war klar, dass Vater niemals ein Glasauge bekäme, wenn er so weitermachte. Ich musste seine Chancen vergrößern, die Bewaffneten zu provozieren, sodass sie ihm ein Auge ausschlugen. Selbst wenn sie es später bereuten. Jetzt bestand mein Plan darin, einen Leibwächter für Vater zu engagieren. Einen Begleiter.

Meine Spardose hatte ich noch nicht angerührt. Sie war voll bis zum Rand, es passte nicht einmal mehr ein Reiskorn hinein. Genau genommen war es allerdings gar nicht meine eigene Spardose, sondern die von meinem Bruder und mir zusammen. Aber da Vater und Mutter ihn immer noch als Familienmitglied betrachteten, obwohl er tot war, konnte ich mit gutem Gewissen über seinen Anteil verfügen.

Mein Bruder und ich hatten uns angewöhnt, nur große Scheine in die Spardose zu stecken, und zwar zu gleichen Teilen. Manchmal schummelte ich, mein Bruder hingegen nie. Er hatte auch gar keine Chance, denn ich beobachtete ihn genau. Manchmal durchwühlte ich sogar seine Hosentaschen, während er schlief, und wenn ich einen großen Geldschein fand, behielt ich ihn für mich. Weil er taub war, bekam er bisweilen zusätzliches Geld. Als könnte er sich davon ein neues Gehör kaufen! Um meine Gefühle nicht zu verletzen, versteckte er es vor mir, aber ich spürte es auf. Wenn mein Bruder sein Geld nicht mehr fand, fragte er mich nicht danach und verpetzte mich auch nicht bei Vater oder Mutter, sondern lächelte nur und bedeutete mir mit dem Finger: »Ich weiß Bescheid.«

Seit seinem Tod hatte ich die Spardose vergessen, doch jetzt beschloss ich, das Geld zu investieren. Natürlich zum Wohl der Familie. Ich ging zu dieser Zeit regelmäßig zur Schule, um zu lernen, aber auch, um Witze für meinen Vater mitzubringen. Ich hatte überlegt, die Sache mit dem Glasauge eine Weile aufzuschieben.

In der Nähe der Schule lungerte jeden Tag eine Gruppe junger Männer herum. Fünf oder sechs. Wir nannten sie »die Prozession der Nilpferde«. Es waren Brüder, alle etwa gleich groß und recht massig. Und immer wie aus dem Ei gepellt. Gebadet, ordentlich gekämmt, in sauberer Kleidung, und um den Hals eine Goldkette. Sie waren bekannt dafür, sehr ruhig zu sein, aber auch bösartig. Und dafür, dass sie auf Stundenbasis arbeiteten. Ich hatte von Mitschülern gehört, sie würden jeden Job übernehmen, egal wie schwer er sei. Zum Beispiel Bewaffnete aus schwierigen Situationen retten. Einmal retteten sie einen Heckenschützen, nachdem gegnerische Kämpfer das Gebäude, auf dessen Dach er postiert war, umzingelt hatten. Mit diesen »Nilpferden« wollte ich einen Handel abschließen. Nicht mit allen, ein Einziger wäre mehr als genug, um meinen Vater zu bewachen.

Ich nahm die Spardose mit zur Schule, und nach Unterrichtsende, als alle gegangen waren, schritt ich auf die Nilpferde zu und zog die grüne Plastikspardose aus meiner Tasche. Ich schaute keinen von ihnen direkt an, sondern ging einfach weiter, bis ich vor ihnen stand. Genau genommen vor einem von ihnen. Ich musste schnell sprechen und alles auf einmal ausspucken. Ohne den Kopf zu heben und dem Menschen, mit dem ich sprach, ins Gesicht zu sehen, sagte ich: »Willst du einen Job? Ich brauche einen Bodyguard, nur für eine Stunde am Tag. Eine halbe Stunde morgens und eine halbe abends. Das Geld ist hier drin. Was sagst du?« Mit diesen Worten drückte ich ihm meine Spardose gegen den Bauch.

»Einen Bodyguard? Für wen? Für dich?«

»Nein, für meinen Vater.«

»Und was arbeitet dein Vater?«

»Er hat eine Reinigung.«

»Und wie viel ist in der Spardose?«

»Weiß ich nicht. Mach sie zu Hause auf und sag mir morgen, wie viele Stunden du für das Geld, das drin ist, arbeiten kannst.«

Mein Herz klopfe heftig, denn alles schien wie am Schnürchen zu laufen.

Am nächsten Tag kam die Prozession der Nilpferde in die Schule. Während des Mathematikunterrichts. Sie klopften an die Tür, traten ein und forderten mich auf mitzukommen, weil sie mit mir sprechen wollten. Die Lehrerin konnte natürlich nichts dagegen ausrichten, selbst die Direktorin nicht. Dass die Nilpferde mich aufforderten, mit ihnen persönlich zu sprechen, brachte mir jetzt zusätzlichen Respekt unter Schülern und Lehrern gleichermaßen ein. Draußen sagte einer von ihnen zu mir: »Für das Geld in der Spardose kann ich sieben Stunden arbeiten. Also eine Woche.«

»Nur sieben Stunden?«, fragte ich selbstbewusst.

»Ja, und ob du jetzt zustimmst oder ablehnst, macht keinen Unterschied. Wir kassieren im Voraus, egal, ob die Arbeit geleistet wurde oder nicht.«

»Eine Woche ist gut, sehr gut sogar! Du wirst meinen Vater eine halbe Stunde morgens begleiten, wenn er zur Arbeit geht, und eine halbe Stunde abends auf dem Nachhauseweg. Du musst nur hinter ihm hergehen. Lass keinen allzu großen Abstand zwischen dir und ihm entstehen, lass die Leute merken, dass du sein Bodyguard bist.« Ich sprach wie das Mitglied einer Gangsterbande.

In einem Ton, als hätte man ihn beleidigt, fragte der Mann: »Ist dir eigentlich klar, dass du es mit einem Profi zu tun hast?«

Es war Mittwoch, und wir vereinbarten, er solle seine Arbeit am nächsten Montag aufnehmen, also in fünf Tagen. Er hatte noch anderweitige Verpflichtungen.

Die Entführung meines Vaters

Das Nilpferd war wirklich ein Profi. Ein Mann des Wortes. Wie jedes ambitionierte Gangsterbandenmitglied. Am vereinbarten Montag sah Vater, dass ein Mann vor dem Haus auf ihn wartete. Der Mann ging, ohne ein Wort zu sagen, hinter Vater her. Genau wie ein Leibwächter. Das Nilpferd war mit mehreren Pistolen und Patronengürteln ausgestattet, und obwohl ich so jung war, führte er den Job, mit dem ich ihn beauftragt hatte, mit großer Ernsthaftigkeit aus. Ich konnte das mit eigenen Augen sehen, denn ich spionierte ihm durch den Vorhang hinterher. Der Abstand zwischen ihm und Vater war gering, und mein eingeschüchterter Vater traute sich nicht, mit diesem fremden kräftigen Kerl zu sprechen. Vor lauter Schrecken blieb er auf halbem Weg stehen und erbrach das Frühstück auf den Bürgersteig. Und das Nilpferd, der professionelle Leibwächter, blieb gleichfalls stehen und wartete, die Bürgersteige, die Gebäude und die Straße im Blick, bis Vater fertig war mit Kotzen.

Bei der Reinigung angekommen, verschwand der Bodyguard. Vater war den ganzen Tag ängstlich und nervös und hatte Magenschmerzen. Als er sich um Viertel vor neun abends, die Fernsehnachrichten waren gerade zu Ende, anschickte, die Reinigung zu schließen, tauchte der Albtraum wieder auf und lief hinter ihm her bis zu unserem Hauseingang. Die Bewaffneten stellten sich meinem Vater an jenem Tag nicht in den Weg. Vielleicht wollten sie keine Schwierigkeiten mit der Prozession der Nilpferde. Am nächsten Tag verließ Vater das Haus nicht, sondern blieb in seinem Zimmer. Erst um die Mittagszeit schaute er aus dem Fenster, das Nilpferd war nicht da. Da war er beruhigt.

Aber am dritten Tag wiederholte sich das Ganze. Auf

halbem Weg zur Reinigung konnte Vater nicht mehr weitergehen und winkte einem Taxi. Doch das Nilpferd setzte sich neben ihn auf die Rückbank. Da fragte Vater mit zitternder Stimme: »Habe ich etwas Schlimmes getan?«

»Keine Ahnung«, entgegnete der Bodyguard, »ich bin beauftragt, Sie zu begleiten.«

»Beauftragt? Wer hat Sie beauftragt?«

»Haben Sie einen kleinen Sohn? In der ersten Klasse der Mittelschule?«

»Ja.«

»Er hat mich beauftragt.«

An jenem Tag kehrte Vater nicht nach Hause zurück. Als der Leibwächter kurz vor Viertel vor neun zur Reinigung kam, war sie geschlossen. Mutter wartete die ganze Nacht, aber von Vater keine Spur. Ich musste mit meiner armen Mutter durchwachen. Meine Augen taten schrecklich weh, ich nahm eine Tablette, aber ein Gedanke hüpfte mir wie ein Eichhörnchen durch den Kopf: »Wurde Vater womöglich entführt?« Am frühen Morgen hörten wir ein Klopfen an der Tür. Ich dachte, es sei Vater, aber als Mutter öffnete, stand dort das Nilpferd. Der Typ war verärgert, dass ein normaler Mensch wie mein Vater ihm entwischt war. Er wollte mit mir reden.

»Hör mal zu, Junge, ich betrachte das als einen Bruch der Vereinbarung. Richte das deinem Vater aus!«, sagte er und ging.

Ich wusste, dass die Nilpferde Vater hätten zurückholen können, wenn ich das von ihnen verlangt hätte. Das hätte zwar viel Geld gekostet, aber Mutter war bereit, den vollen Verkaufswert der Reinigung herzugeben, um ihn zurückzubekommen. Ich aber zog es vor, Vater eine Weile entführt zu lassen, denn schließlich hatte ich mir für ihn doch immer einen heldenhaften Ruf im Krieg gewünscht. Und das war die Chance! Solange Vater den Blicken entschwunden war, musste er wohl oder übel entführt worden sein. Diese Geschichte würde ich verbreiten. Und das würde den Eindruck vermitteln, mein Vater besitze in den Augen seiner Entführer ein gewisses Gewicht. Ganz im Gegenteil zu dem, was Mutter den Nachbarn stets erzählte: dass Vater unschuldig sei, dass er in seinem ganzen Leben noch nie eine Zeitung gekauft habe und dass er keine Meinung habe, über das, was im Land passierte. Sie schwor sogar mehrmals, dass er immerfort von den Bewaffneten verprügelt würde und ganz zufrieden damit sei.

Mutter wollte Vater um jeden Preis zurück. Doch ich gestand ihr nicht, dass es eine Möglichkeit gab, ihn zurückzubekommen, wann immer wir wollten, indem wir die Hilfe der Nilpferde in Anspruch nähmen. In der Schule bemerkte ich, dass die Schüler größeres Mitgefühl mit mir hatten, denn nun war ich der Junge mit dem verstorbenen tauben Bruder und dem entführten Vater. Vielleicht gab es noch einen weiteren Grund für diese Anteilnahme, ich jedenfalls fühlte mich wohl. Die ganze Zeit lächelte und prahlte ich, denn endlich war Vater zu einer Persönlichkeit geworden, die im Krieg als Entführter registriert worden war. In der Zeitung wurde sogar sein Bild veröffentlicht, was die Bewaffneten erboste. Sie waren neidisch, weil ihr Foto noch nie in irgendeiner Zeitung abgedruckt gewesen war. Dann wurde sein Name im Fernsehen auf der Liste der Vermissten dieses Monats aufgeführt. Ich meinerseits schrieb in der Schule Aufsätze über seine häuslichen Kriegsplanungen, seine Anweisungen an die Bewaffneten, die bei uns ein und aus gingen, und seine innige und heimliche Freundschaft mit der Prozession der Nilpferde.

Zwei Monate nach seinem Verschwinden erhielten wir durch einen Rechtsanwalt einen juristischen Bescheid, in dem es hieß, mein Vater habe die Reinigung mit der kompletten Ausstattung inklusive der Kleiderbügel auf meinen Namen überschrieben. Selbstverständlich kann ein Entführter von seinem Versteck aus keinen Rechtsanwalt beauftragen, und da wussten meine Mutter und ich, dass Vater noch am Leben war und dass es ihm gut ging. Er war nicht entführt worden, und ihm war nichts zugestoßen, sondern er hatte beschlossen, die Familie aus freien Stücken zu verlassen. Die Nachricht traf mich wie der Blitz, und die Laune meiner Mutter besserte sich. Am nächsten Tag ging ich nicht zur Schule. Es war mir schrecklich peinlich, dass Vater nicht entführt worden war. Ich ging nie wieder hin und beschloss kurze Zeit später, mich in der kleinen Reinigung dem Waschen und Bügeln der Kleidung fremder Leute zu widmen.

Ein Anruf

Ich habe Vater nie wiedergesehen. Aber er ruft mich in der Reinigung an, etwa zweimal in der Woche. Er erkundigt sich nach mir und Mutter und nach der Arbeit, und ich sage immer das Gegenteil: »Mit der Arbeit läuft es gut, Papa. Ich überlege, ein zweites Geschäft zu eröffnen. Wir vermissen dich, Papa. Kommst du uns nicht besuchen?« Ich flehe ihn an, mir zu sagen, wo er wohnt, doch er weigert sich jedes Mal. Er ist jetzt verheiratet und hat Zwillinge. Er erzählt mir, wie ähnlich sie uns sehen, mir und meinem Bruder, als wir so alt waren wie sie. Obwohl mittlerweile fünfzehn Jahre vergangen sind, empfindet Vater noch immer die Schande. Er sagt, dass er sich vor sich selbst schäme. »Ich war so feige!«, gesteht er, und ich entgegne: »Okay, Papa, es können nicht alle Menschen mutig sein im Krieg.« Ich sehe in den Spiegel, während ich mit ihm telefoniere. Immer. Niemals erzähle ich ihm, dass ich mir stets gewünscht hatte, dass er ein Glasauge habe, denn das wäre schmerzlich für uns beide. Dann stellt er mir die immer gleiche Frage. Bei keinem Anruf vergisst er zu fragen: »Wie geht es deinem Auge? Deinem Glasauge?« Und ich antworte: »Gut, Papa. Es hat sich meinem Gesicht angepasst. Ich kann sogar ganz natürlich damit blinzeln. Das solltest du sehen!« »Gut zu hören. Das war wirklich ein schwarzer Tag, dieser Mittwoch. Erinnerst du dich noch? Du hättest nach Unterrichtsschluss nicht in der Schule bleiben sollen!«

»Ja, Papa. Ich kann mich gut an jenen Tag erinnern. Das war wirklich ein verfluchter Tag. Ich schulde dir noch eine Entschuldigung.«

»Eine Entschuldigung? Sei doch nicht dumm! Ich bin es doch, der sich bei dir und deiner Mutter entschuldigen muss.«

Ich war nach Unterrichtsschluss in der Schule geblieben, um mit dem Nilpferd eine Vereinbarung über einen neuen Plan zu treffen, dessen Umsetzung nur ein paar Minuten dauern würde. Nach dem Besuch der Prozession in unserer Klasse hatte ich die Idee, statt einen von ihnen als Leibwächter zu verpflichten, von ihnen zu verlangen, meinem Vater ein Auge auszuschlagen. Als die Schulglocke ertönte und das Ende des Unterrichts ankündigte, fand ich die Nilpferde nicht in der Nähe der Schule und musste deshalb auf sie warten. Einige Schüler waren noch auf dem Schulhof und spielten mit einem Tennisball Völkerball. Beim Völkerball werfen sich zwei Jungen einen Ball zu und versuchen, eine Gruppe von Jungen zu treffen, die auf halber Strecke zwischen ihnen steht. Ich schloss mich ihnen an. Doch ich war unkonzentriert, weil ich gleichzeitig über die Nilpferde und den neuen Plan nachdachte. Kurz darauf flog mir der Ball ins Auge. Ich verlor auf der Stelle das Bewusstsein. Als ich wieder zu mir kam, befand ich mich im Krankenhaus. Ich öffnete die Augen, Vater und Mutter standen neben meinem Bett. Mein linkes Auge war verbunden, mein Kopf tat furchtbar weh, und mir war ein wenig schwindelig. Vater lächelte und strich mir über den Kopf. Dann erzählte er mir, was gleich im OP passieren würde. »Du bist schon groß. Von jetzt an bist du kein Junge mehr, sondern ein Mann.« Dann holte er aus seiner Tasche ein kleines Mullbündel und entnahm ihm eine kleine Kugel. Es war das Plastikmuster meines Glasauges, das mir in das Loch in meinem Gesicht eingesetzt werden würde. Die Pupille hatte die gleiche Farbe wie meine eigenen Augen, und auch das Weiß war zum Verwechseln ähnlich.

Immer wenn Vater anruft, erinnern wir uns gemeinsam an den Vorfall. Wir erinnern uns auch an die Paprikapflanze. Ich sage ihm, dass sie gewachsen sei. Aber die Schoten wachsen nur an zwei Stellen, jedes Jahr zwei. Die erste wächst immer an der gleichen Stelle und stellt die Seele meiner Mutter dar. Die andere aber wächst dort, wo die Seele meines Vaters hätte sein sollen. Aber immer wenn ich sie ansehe, habe ich das Gefühl, dass sie meine Seele in sich trägt. Dann erzählt Vater mir, dass er von mir geträumt habe. Jedes Mal den gleichen Traum. Dass die Ärzte anstelle meines Glasauges ein echtes Auge eingesetzt hätten. Dass sie mir mein echtes Auge zurückgegeben hätten. Dann lachen wir. Und ich sage: »Sag bloß nicht, dass es schon wieder der gleiche Traum ist!« Doch Vater schwört bei seinen Zwillingssöhnen, es sei exakt der gleiche Traum gewesen. Wir lachen, ich wische eine Träne fort, die aus meinem gesunden Auge geflossen ist, dann mahnt er, ich solle mein Glasauge in der Reinigung nicht zu viel Wasserdampf aussetzen. »Nein, Papa, keine Sorge«, sage ich.

»Ich trage jetzt eine Brille, und mein Glasauge scheint dadurch größer. Es sieht wirklich furchterregend aus.« Dann setze ich scherzend hinzu: »Wenn der Krieg wiederkommt, habe ich ein angsteinflößendes Gesicht.«

Und er antwortet: »Vielleicht ist das besser so, für euch beide – für dich und deine Mutter.«

Der Matador

Innerhalb einer Woche starb mein Onkel drei Mal. Er begann seinen Todesmarathon an einem Dienstag. Gleich nachdem er aus dem Schlachthof gekommen war. »Man hat mich betrogen«, sagte er, legte sich aufs Sofa und starb. Ich war nicht da, als all das passierte, aber Mama erzählte es mir. Mein Onkel hatte das spanische Matadorenkostüm getragen, besudelt mit dem Speichel einer weißen Kuh. Und offenbar hatten sie ihn im Schlachthof ausgelacht. Deshalb hatte er das Kostüm ausgezogen und es in den Schrank gehängt, bevor er sich aufs Sofa legte und starb.

Das war das erste Mal, dass mein Onkel starb, und wir behandelten ihn selbstverständlich als Leiche. Wir ließen ihn im Wohnzimmer liegen, bis er an der Reihe war, begraben zu werden. Zum Glück teilte man uns mit, es würde nur zwei Tage dauern. Das Wohnzimmer war der einzige Raum im Haus, der mit einer Klima-anlage ausgestattet war. Und es war der kleinste Raum. Und wenn man die Klimaanlage auf die höchste Stufe drehte, hatte man das Gefühl, eine Ameise zu sein, die eine Nadel verschluckt hat und sich nicht mehr be-wegen kann.

Ich persönlich mag es, wenn wir die Klimaanlage aufdrehen. Wir tun das nämlich nur zu besonderen Anlässen. Dann kann man beobachten, wie ich mir meinen Baumwollschlafanzug mit einem Kragen anziehe und beginne, in die Luft zu boxen, als kämpfte ich gegen einen gigantischen Kran. Ich habe mir das von Rocky, dem Filmhelden, abgeschaut. Genau das tat ich auch mit der Leiche meines Onkels. Ich fing an, ihn mit Boxhieben zu traktieren, aber nur ganz unten an den Füßen. Und die Boxhiebe puschten offenbar das Blut aus den Füßen in sein Herz, sodass er wieder aufwachte. Das war die am ehesten einleuchtende Erklärung, zu der ich kam. Aber ich verriet es niemandem. Sollte ich etwa zu Mama sagen, ich hätte gegen die Füße meines toten Onkels geboxt? Sogar mein Onkel wusste nicht, dass ich ihn geboxt hatte. Kaum war er erwacht – das war am Donnerstagmorgen –, kratzte er sich an den Füßen und zog einen Dorn heraus. Der Dorn habe seiner Seele Schmerzen zugefügt, sagte er, und deshalb habe er nicht in Frieden sterben können. Sein Leichnam war noch nicht gewaschen und seine Nägel noch nicht geschnitten worden. Also wusch er sich und schnitt sich die Nägel.

Der Bruder meiner Mutter hatte immer Stierkämpfer werden wollen, aber niemals das Geld für ein Ticket nach Mexiko oder Spanien aufbringen können. Wenn er überhaupt ein Visum bekommen hätte. Er hatte es bei beiden Botschaften versucht und jedes Mal geschrieben, er wolle nicht emigrieren, sondern Matador werden. Drei Mal wurde sein Antrag abgelehnt, und man teilte ihm mit, er habe nicht das Recht, einen weiteren Visumsantrag zu stellen. Also bat er jemanden, ihm ein Matadorenkostüm mitzubringen. Vier Jahre lang bezahlte er die Raten für den Anzug ab, der dem spanischen Stierkampfweltmeister Luis Miguel Dominguín gehört hatte. So hatte man ihm zumindest gesagt. Außer meinem Onkel glaubte das allerdings niemand. Er schnüffelte an dem Kostüm und meinte: »Das muss der Anzug des Matadorenweltmeisters sein. Ich kann die Seelen aller Stiere riechen, die er zur Strecke gebracht hat.« Jedenfalls zog sich mein Onkel den Anzug an und begann, an den Kühen im Schlachthof zu üben. Er wählte die Kühe, die zur Schlachtbank geführt wurden. Um zwei Uhr nachts verließ er das Haus und kehrte am frühen Morgen zurück. Das Schlachthaus war voll von Händlern, Fleischern und Hackebeil- und Messerprofis. Die Kühe, die als Nächstes geschlachtet werden sollten, warteten in einem kleinen Hof, bevor man sie an Ketten hochzog. Das war der Augenblick, in dem mein Onkel vortrat, elegant in sein goldfarbenes Kostüm gekleidet, und die Haare, die genauso glänzten wie seine polierten Schuhe, gegelt. Dann wurden die Wetten eröffnet.

Mein Onkel wählte die größte Kuh, stürzte sich auf sie und würgte sie mit beiden Händen – die Hände meines Onkels waren so groß wie die alten Telefonhörer bei uns zu Hause –, und kurz bevor die Kuh ihre letzten Atemzüge tat, kam einer der Schlachthausarbeiter hinzu und beendete die Sache mit einem Luftröhren-schnitt.

Es ist kein Geheimnis, dass mein Onkel ein paar Mal die Kontrolle über seine Kräfte verloren und die Kuh gewürgt hat, bis sie unter seinen Händen krepiert war. Dann konnte man sie nicht mehr schlachten, und er musste sie bezahlen. Die Leute wussten jedoch nicht, dass mein Onkel im Vorhinein mit einem der Arbei-ter des Schlachthofs eine Absprache getroffen hatte. Er sollte die Kuh in der Nacht vor der Schlachtung mit einem Stock auf alle vier Beine schlagen, bis sie an-schwollen. So war es ein Leichtes, sie niederzuzwingen.

Mein Onkel war ein Schlitzohr, und als er selbst übers Ohr gehauen und von einer Kuh besiegt wurde, fühlte er sich gedemütigt und starb. Nun empfindet jeder Matador, der von einer Kuh bezwungen wird, das als große Beleidigung. Aber mein Onkel gewann sein Selbstvertrauen und seinen Mut zurück, nachdem er wieder aufgewacht war. Grund war der kleine Dorn, der sich in seinen Fuß gebohrt hatte. Er erzählte uns, dass er sich im Tod auf einer Matadorenhazienda im Pa-radies gesehen habe, umringt von unzähligen Toreros. Er sah sogar – wie er sagte – eine Stierkampfarena. Aber er konnte nichts verstehen, weil alle Spanisch sprachen. Doch Gott gab ihm sein Leben zurück, und so konnte er den Dorn aus seinem Fuß ziehen. »Kein Matador kann kämpfen, solange ihm ein Dorn in der Fußsohle steckt«, sagte Er zu ihm. Als mein Onkel ihn heraus-zog – was tatsächlich nicht einfach war –, überkam ihn ein großes Glücksgefühl. Es genügte ihm schon, dass Gott ihn als Matador empfangen hatte und nicht als Bezwinger von Kühen, der aus einem Flüchtlingslager unweit des Schlachthofs kam. Das betrachtete mein Onkel als Anerkennung seines Stierkampftalents, auch wenn er in seinem ganzen Leben gegen keinen einzigen Stier gekämpft hatte.

Deshalb holte mein Onkel sein Matadorenkostüm aus dem Schrank, um es abermals anzuziehen. Er sagte, er werde es nie wieder ausziehen, sondern damit zum Schlachthaus gehen und gegen die größte Kuh antreten. Dieses Mal ohne Betrug. Wenn Gott seine Träume gesegnet habe, warum sollte er sich dann um das Gesocks im Schlachthaus kümmern? Doch mein Onkel erlebte mit seinem Matadorenkostüm eine Überraschung, für die niemand eine Erklärung finden konnte. Alle zu Hause waren schockiert. Es war, als wäre mein Onkel immer noch tot, denn als er den Anzug anlegen wollte, war er ihm zu groß. Er schlotterte. Das war äußerst kurios. Eigentlich blähen sich Leichen doch auf, und die Kleidung wird ihnen zu eng statt zu weit. Im Falle meines Onkels war es umgekehrt.

Mein Onkel trug den Anzug seit siebzehn Jahren, und er hatte alles dafür getan, dass er immer hineinpasste. Ich kann mich nicht erinnern, ihn jemals darüber jammern gehört zu haben, dass ihm der Anzug zu eng geworden sei. Aber so war es nun, und das hatte schlimme Auswirkungen auf mich persönlich.

Mein Onkel war am Dienstag gestorben und am

Donnerstag wieder aufgewacht und hatte festgestellt, dass ihm das Kostüm zu weit geworden war, obwohl er kein Gramm an Gewicht verloren hatte. Jedenfalls konnte mein Onkel den Anzug nicht anziehen. Und er konnte auch nicht wieder zum Schlachthaus gehen, um »diesen Barbaren dort« zu berichten, was ihm auf der Matadorenhazienda im Paradies widerfahren war. Jetzt musste er erst mal essen, um zuzunehmen. Doch wir waren arm. Es gab einen Streit mit meiner Mutter, dann montierte er die Klimaanlage ab und zwang meine Mutter, sie zu verhökern und mit dem Geld etwas zu essen zu kaufen.

Mutter liebte meinen Onkel, denn er war ihr Bruder, ein Jahr jünger als sie, und seit Papas Tod der Mann im Haus. Sie schlug ihm keine Bitte ab. Da begriff ich, dass ich nie wieder meinen Baumwollschlafanzug anziehen und jemanden boxen würde. »Und was ist, wenn er zurückkommt und wieder stirbt?«, sagte ich protestierend zu Mama. Mein Onkel saß mir gegenüber. Voller Wut schlug er mir auf den Hals und die Wangen. Ich weinte nicht, sondern baute mich vor ihm auf und forderte ihn wie ein kleiner hörnerloser Stier heraus. Wie ein Kalb. Für mich war er halb tot. Ein gehässiges Glücksgefühl machte sich in mir breit, weil ich meinen Onkel gegen die Füße geboxt hatte, als er zum ersten Mal tot gewesen war.

Jetzt wollte ich ihn überallhin boxen. Ich wollte mich im Bauch der nächsten Kuh verstecken, und sobald er seine Hände an ihren Hals legte, würde ich, wie eine Springfederpuppe, die aus einer kleinen Kiste flitscht, aus ihrer Kehle emporschießen und ihm so lange ins Gesicht boxen, bis sich seine Nase vom Gesicht löste und auf den Boden fiel. Aber all das geschah nicht.

Am Freitag verkaufte Mama die Klimaanlage und kaufte zwei fette Hühnchen, Nüsse, Eier und verschiedene Sorten Gemüse, Getreide und Obst sowie einen großen Sack Reis und Milch. Sie verbrachte den ganzen Tag in der Küche. Und am Abend deckte sie für meinen Onkel den großen Tisch, als gäbe es für ihn im Paradies nichts zu essen.

Mein Onkel isst normalerweise nur wenig, wie jeder Matador. An jenem Abend aber stopfte er sich das Essen gierig in den Mund. Wie ein Stier, der zum ersten Mal Äpfel probiert. Der Anblick, wie er das Essen kaute und schluckte, ekelte mich, und ich wandte das Gesicht ab. Mama aber sagte: »Guten Appetit, Bruder!« Plötzlich jedoch verschluckte er sich, sein Atem setzte aus, und er starb. Ich saß zwar am Tisch mit ihm, doch ich hatte mich abgewendet, und deshalb hörte ich nur, wie er erstickte. Und ich hörte, wie Mama rief: »Atme, Bruder, du musst atmen!«, und wie sie weinte.

Mein Onkel wurde zum zweiten Mal zu einer Leiche. Da wir keine Klimaanlage mehr im Wohnzimmer hatten, brachten wir ihn diesmal in den Kühlraum des Krankenhauses. Die Kosten für eine Nacht im Kühlschrank konnten wir von dem bezahlen, was vom Verkauf der Klimaanlage übrig geblieben war.

Am nächsten Tag, dem Samstag, bestanden einige Schlachthofmitarbeiter während des Leichenzugs vom Kühlhaus zum Friedhof darauf, meinen Onkel zum Schlachthaushof zu bringen, wo er seine Heldentaten vollbracht und seinen Ruhm erworben hatte. Mama stimmte unter der Bedingung zu, dass wir zuerst zu Hause vorbeigingen und sie ihm das Matadorenkostüm anzöge.

Ich fand das blöd. Der Anzug war ihm zu weit, und sein Anblick würde den Spott der Leute erregen. Ich sagte Mama das, aber sie flüsterte: »Ich mach das schon. Außerdem schaut niemand nach, ob den Toten auf der Totenbahre die Kleidung auch passt.«

Mama forderte mich auf, ihr dabei zu helfen, meinem Onkel das Matadorenkostüm überzuziehen. Nur mich und sonst niemanden. Um seine Würde zu bewahren. Es war äußerst schwierig, denn der Leichnam war sehr schwer, und im Wohnzimmer war es warm, weil es keine Klimaanlage gab. Wir setzten ihn auf, er war vollkommen nackt. Ich wollte gerade seinen Arm heben, da wachte er auf und sagte: »Was macht ihr da, ihr Affen?« Sein wiederholtes Sterben hatte ihn launisch werden lassen, bärbeißig. Als er merkte, dass Mama im Begriff war, ihm das zu weite Matadorenkostüm anzuziehen, bevor man ihn ins Grab legte, wurde er zornig. Er beschimpfte sie und schubste sie weg. Ich konnte es nicht ertragen, zu sehen, wie meine Mutter bestraft wurde und hinfiel, denn schließlich hatte sie es in guter Absicht getan. Aber weil ich Angst hatte, dass er mich fertigmachen würde, sagte ich nichts. »Wollt ihr etwa, dass die Matadoren im Paradies mich auslachen?«, fragte er.

Wir gaben den Leuten, die vor dem Haus warteten, Bescheid, dass mein Onkel wieder aufgewacht sei, und sie gingen fort. Einige waren verärgert und meinten, beim nächsten Mal wollten sie vom Tod meines Onkels nicht mehr unterrichtet werden, sie hätten ihre Pflicht, an seinem Beerdigungszug teilzunehmen, schließlich schon erfüllt.

Mein Onkel war von Freitag bis Sonntag bei uns geblieben, und am Montagmorgen war er im Schlachthaus gestorben. Die Hoffnung, an Gewicht zuzulegen, um in den Anzug zu passen, hatte er verloren. Die Sache war bis ins Schlachthaus gedrungen. Ich weiß nicht, wie, wahrscheinlich war es Mama gewesen. Mama hatte es der Schneiderin erzählt – die Schneiderin war ihre Freundin – und sie gefragt, ob es eine Möglichkeit gebe, den Anzug enger zu machen? Und die Schneiderin hatte »Nein!« gesagt, das Geheimnis aber ausgeplaudert. Mama wollte immer nur Gutes tun. Aber nun wusste das ganze Schlachthaus Bescheid, sie lästerten über meinen Onkel. Da ging er in dem zu weiten Anzug zum Schlachthaus, betrat den Hof, und sie ließen die stärkste Kuh für ihn los. Mein Onkel wurde mit ihr nicht fertig, er stolperte in seinem zu weiten Kostüm, die Kuh trampelte ihn nieder, und er starb. Wir begruben ihn zerschmettert und blutüberströmt am Morgen des Montags, eine ganze Woche nach seinem ersten Tod. Nur wenige Menschen kamen zu seiner Beerdigung.

Mama wusch das Matadorenkostüm und befahl mir, mich darum zu kümmern. Wir brauchten Geld. Also verkaufte ich es auf dem Sonntagsmarkt, der auf Secondhand-Klamotten spezialisiert ist. Ich breitete eine Nylondecke auf dem Boden aus, die Mama mir mitgegeben hatte, und legte das Kostüm in drei Teilen darauf: die Hose, das Hemd und das Jackett. Mein Onkel hatte nie Schuhe oder Matadorenstrümpfe besessen. Der Anzug war meine einzige Ware, und ich musste ihn um jeden Preis verkaufen. Aber ich hatte Glück, denn es dauerte nicht lange, da versammelten sich die Leute vor mir.

Schließlich kam ein Ausländer auf mich zu und nahm den Anzug in Augenschein. Dann fragte er mich in gebrochenem Arabisch: »Woher hast du diesen Anzug?« Da bekam ich Angst. Er setzte hinzu: »Das ist der Anzug von Dominguín, dem berühmten Matador.« Er zahlte mir einen hohen Preis. Von dem Geld konnte ich eine Klimaanlage und dazu noch Boxhandschuhe kaufen. Den Rest gab ich Mama. Mein Baumwollschlafanzug wartete darauf, wieder von mir angezogen zu werden. Ich sagte zu Mama: »Wenn ich sterbe, dann zieh mir den Schlafanzug an! Und vergiss nicht, mir auch die Boxhandschuhe über die Hände zu streifen!«

Das Grammophon

Die Bar von Abu Elia war während der Belagerung die billigste in ganz Beirut. Sie lag im ersten Stock unter der Erde und war lang und schmal wie ein Löffelbiskuit. Aber sie war sicher, zumindest erzählte man sich das. Die Mauern seien aus wehrhaftem Zement, doch niemand versuchte, das auszutesten. Abu Elia hatte dort sogar einen Ständer mit Postkarten. Es konnte vorkommen, dass ein Ausländer sich irgendwann am Abend, während draußen geschossen wurde, eine Postkarte nahm und zu schreiben begann, so gelassen, als mache er gerade ein Picknick, und Abu Elia, der fünf von seinen acht Biersorten panschte, übernahm es dann, die Karte am nächsten Tag zur Post zu bringen.

Mein Vater war der Grammophonspieler in der Bar. Das war seine Aufgabe. Er musste stundenlang hinter der Theke stehen und mangels Strom die Kurbel des alten Berliner Grammophons von 1900 drehen. Beleuchtet wurde die Bar normalerweise durch Kerzen. Manchmal konnte es passieren, dass Vater langsamer wurde, weil er nicht mehr konnte, oder dass seine Konzentration nachließ, weil ganz in der Nähe eine Granate eingeschlagen war, sodass er die Kurbel schneller drehte und die Musik verzerrt tönte. Aber keiner der Gäste kümmerte sich darum, denn das Grammophon war sowieso nicht allzu laut. Es war praktisch kaum zu hören. Was die Aufmerksamkeit der Gäste erregte, war nicht der Ton des Grammophons, sondern sein Alter und der Handbetrieb. Wer einem Lied lauschen wollte, musste zur Theke gehen. Das Grammophon gehörte Vater, wir hatten es von meiner Großmutter geerbt. Vater hatte schon als Kind damit gespielt, und weil er seit Schulzeiten mit Abu Elia befreundet war, hatte der ihm vorgeschlagen, es in die Bar zu stellen. Vater war wie ein DJ. Er kehrte im Morgengrauen nach Hause zurück, und wenn ich wach war, bat er mich, ihm die Arme zu massieren. Ich liebte das, und er schlief während der Massage immer ein.

Abu Elias Bar bekam nur einmal eine Vakuumbombe ab, die das Gebäude getroffen hatte. Sie durchschlug drei Stockwerke, bevor sie explodierte und die Bar zerquetschte wie eine alte Birne. Natürlich gehörte auch Vater zu den Opfern. Von seinem Platz am Ende der Bar hinter dem Grammophon hatte er unmöglich fliehen können. Als die Granate einschlug, die die ganze Luft absorbierte, drehte mein Vater noch einen Moment lang am Grammophon und wunderte sich, dass der Ton des Geräts verschluckt war. Vater war vollkommen durcheinander. Er war sich noch nicht einmal sicher, dass sich sein Arm wirklich bewegte. Einen Moment lang glaubte er, ich hätte ihm am frühen Morgen seine Arme nicht gut genug massiert. Er beschimpfte mich, bevor sich Wände und Decke über ihm aufschichteten und er das Gefühl hatte, zu ersticken.

Vater starb jedoch nicht, sondern überlebte den Angriff. Niemand hatte damit gerechnet, dass er oder irgendein anderer Bewohner des Gebäudes oder einer der Bar-Gäste überleben würde. Und er war tatsächlich der Einzige. Das primitiv gebaute Grammophon, das selbstverständlich zertrümmert war, hatte ihn gerettet. Später erzählte er mir, einige Gäste hätten sich, bevor das Gebäude einstürzte, um ihn geschart, um das Grammophon unter die Lupe zu nehmen und seinem schwachen Klang zu lauschen. Sie hätten Bier getrunken und Witze über meinen Vater und sein Grammophon gerissen, und dann ihr Ende gefunden.

Was ihren Tod noch beschleunigt hatte, war die Tatsache, dass es wie üblich keine Stühle gab. Das war charakteristisch für die Bar von Abu Elia. Ich wusste nicht, dass Vater am Leben geblieben war. Als ich zu dem Gebäude kam, waren dort vier oder fünf Rettungssanitäter. Es waren Freiwillige, und einer von ihnen fragte mich: »Kannst du die Leiche deines Vaters identifizieren?« »Na klar!«, sagte ich, ohne zu überlegen. »Dann such dir einen Weg durch die Trümmer, und wenn du ihn findest, führ uns zu ihm!« Ich ging los. Der Geruch der Toten war mit dem von Bier vermischt, die Leichen waren alle nass. Sogar die Ratten hatte es erwischt, auch sie waren erstickt, ihre Augen waren blutunterlaufen. Der Bierschaum war noch frisch und hatte sich zwischen den Steinhaufen verteilt. Das waren nicht gerade die Lieblingstoten dieser Sanitäter; Menschen, die gestorben waren, während sie Alkohol getrunken hatten, zog man nicht so gerne heraus.

Ich erkannte den Leichnam meines Vaters an dem Arm, den ich immer massiert hatte. Seine Finger umklammerten noch immer die kleine Kurbel des Grammophons. Ich musste lächeln. Mein Vater war starrköpfig wie ein Kamel, trotz seiner grundsätzlichen Liebenswürdigkeit. Ich führte den Sanitäter zu Vater, und gemeinsam zogen wir den Leichnam heraus. Es ging trotz der riesigen Trümmer ganz leicht. Der Mann, der einen weißen Mundschutz trug, sagte: »Du hast Glück, Mann. Einige Leichen werden wir nicht vor der Ankunft der Bagger am Abend bergen können.« Ich überließ Vaters Leichnam dem Krankenwagen, und der Sanitäter untersagte es mir, die Grammophonkurbel mitzunehmen. Vaters Arme waren blutüberströmt, wie zwei poröse Röhren. Ich ging fort, um Mutter Bescheid zu sagen. Ich war sechzehn Jahre alt. Auf dem Heimweg schluckte ich zweimal meine Kotze, und zu Hause angekommen, pulverisierte mir der Schmerz den Magen. Ich ging ins Bad und übergab mich. Die Kotze schmeckte furchtbar sauer. Die Säure schien die Luftröhre oder die Speiseröhre verletzt zu haben, denn es kam auch Blut mit raus. Ich musste an die Schmerzen denken, die Vater gespürt haben musste, als seine Arme diese Unmenge Blut verloren hatten, die ich gesehen hatte.

Im Krankenhaus informierte man uns, dass mein Vater nicht gestorben sei, aber beide Arme verloren habe.

Er lag mit diesen breiten Schultern im Bett wie ein Superheldenroboter, dessen Arme nach einem brutalen Kampf gegen irgendwelche Schurken abgeschnitten worden waren. Doch kaum aus der Narkose erwacht, fragte er mit einem dünnen Stimmchen: »Wo ist das Grammophon?«

»Es ist kaputt, Papa. Es ist nichts davon übrig.«

In diesem Moment bemerkte er, dass seine Arme amputiert waren. Als hätte die Abwesenheit des Grammophons ihm ins Gedächtnis gerufen, dass ihm eine Katastrophe widerfahren war. »Dann brauche ich die Arme ja nicht mehr«, sagte er sarkastisch.

Während Mutter ihre Tränen abwischte, wurde ich zur Aufnahme des Krankenhauses gerufen, wo man mir die Grammophonkurbel überreichte, was ich auf einem Blatt Papier quittierte. Das war alles, was von dem alten Gerät übrig geblieben war. Vater aber veränderte sich nach seiner Rückkehr nach Hause. Er hatte jetzt einen psychischen Schaden, keine Ahnung, was für einen. Das Einzige, was ich tat, war, die Grammophonkurbel vor ihm zu verbergen und ihm nichts davon zu erzählen. Er hingegen starrte die ganze Zeit auf unsere Arme, Mutters und meine, statt uns in die Augen oder ins Gesicht zu sehen. Er kommunizierte nur noch über unsere Arme mit uns. Er konzentrierte seinen Blick darauf, bis wir das Gefühl hatten, unsere Hände seien voller Scheiße, oder irgendetwas anderes sei damit nicht in Ordnung, oder wir müssten die Hände sofort in die Tasche stecken oder die Arme komplett im Pullover verbergen und die leeren Ärmel baumeln lassen wie bei dem Bettlerspiel, das ich mit den Kindern auf der Treppe gespielt hatte.

Manchmal stellte er uns Fragen wie: »Was fühlst du, wenn du mich ansiehst? Sag ehrlich, was für ein Gefühl hast du dabei? Ist es nicht ein Privileg, Arme zu haben? Und deine Mutter? Sie fühlt bestimmt das Gleiche, nicht wahr?« Manchmal bat er mich, meine Arme so zu bewegen, wie er es gerne tun würde. »Heb deinen Arm hoch und lass ihn wieder fallen, als sei er tot«, sagte er. Ich antwortete dann: »Hör auf damit, Papa!« Oder er forderte mich auf, mich hinter ihn zu stellen und meine Arme so zu positionieren, dass es aussah, als wären es seine Arme. In dieser Haltung gingen wir zum Spiegel, und er betrachtete intensiv sein Spiegelbild, das nun zwei Arme hatte. Er schaute sich an und sagte: »Deine Arme passen genau zu meinem Körper, nicht wahr? Kein Wunder, schließlich sind wir Vater und Sohn.« Das war auch für mich schmerzlich, und ich schwieg. Ich musste ihm zuhören, als wäre ich immer noch ein Kind.

Vater wurde sehr erregbar. Mutter hingegen hatte das Gefühl, bestraft zu werden, denn Vater hörte auf, mit ihr zu schlafen. Aber sie konnte ihn nicht verlassen, »die Leute würden anfangen zu reden und zu tratschen. Sie würden mich verurteilen und mich für eine schlechte Ehefrau halten.«

Vater schiss und pisste nun absichtlich ins Bett. Deshalb kaufte Mutter ihm Windeln, zog sie ihm an, wusch ihm Hoden und Hintern und rasierte ihn mit einem elektrischen Rasierapparat, weil er ihr mit einem Rasiermesser in der Hand nicht traute. Und meine Versuche, ihn davon zu überzeugen, dass er so nicht mit ihr umgehen könne, nützten nichts. »Deine Mutter hatte einen Liebhaber, als ich in der Bar gearbeitet habe. Du hast ja keine Ahnung!«, sagte er zu mir.

Schließlich kam es zum Bruch zwischen mir und ihm. Seitdem wechselten wir kein einziges Wort mehr miteinander. Vater hatte im Fernsehen eine Sendung über das Transplantieren von Körperteilen, wie Armen oder Händen, gesehen. Er rief mich in sein Zimmer, das er nicht mehr verließ, und als ich eintrat, sagte er sanftmütig: »Ich werde dich um etwas bitten, was noch niemals vorher ein Vater von seinem Sohn erbeten hat. Du wirst den Respekt aller genießen, von Verwandten, Freunden und Nachbarn. Jeder im Viertel wird dich achten, wenn du mir meine Bitte erfüllst.«

»Los, Papa, du weißt, dass ich bereit bin, alles zu tun«, antwortete ich.

Seit Vaters Unfall hatte ich die Schule verlassen und als Handwerksbursche bei einem Schreiner zu arbeiten begonnen, und nun war ich zusammen mit zwei Freunden als Partner in eine Möbelfabrik eingestiegen. Ich war bereit, Vater jeden Wunsch zu erfüllen.

»Ich möchte, dass du mir einen deiner Arme schenkst. Im Fernsehen sagen sie, dass das medizinisch möglich ist.« Ich konnte nicht glauben, dass Vater einen Arm von mir verlangte. Ich sagte nichts. Ich dachte an diese Vakuumbombe und an das Grammophon und wünschte mir, ich wäre es gewesen, der seine Arme verloren hatte und nicht er. Als könnte er meine Gedanken lesen, sagte Vater in diesem Augenblick: »Wenn du es gewesen wärst, der seine Arme verloren hätte, würde ich dir, ohne zu zögern, einen Arm abgeben. Was ist denn schon ein Arm wert im Vergleich dazu, dass du mich glücklich siehst, oder ich dich?«

»Da gebe ich dir recht, das ist wirklich etwas, was noch nie ein Vater von seinem Sohn verlangt hat. Das ist *original*, Papa, echt *original*«, sagte ich sarkastisch und traurig zugleich. Ich versuchte, ihn davon zu überzeugen, dass das unmöglich sei: »Und was ist, wenn die Operation misslingt? Dann habe ich meinen Arm verloren!« Da explodierte er vor Zorn und schrie mir ins Gesicht, dass ich egoistisch sei und im schlimmsten Fall ja immer noch einen Arm hätte. »Ein Arm ist jedenfalls viel besser als gar kein Arm«, sagte er.

Ich verließ das Zimmer und dachte über die Sache nach. Ich war traurig wegen Vater. Nicht zornig oder enttäuscht, nur traurig. Ich erzählte es Mutter. Und ich war kurz davor zuzustimmen, denn in der Möbelfabrik musste ich meine Arme gar nicht mehr benutzen. Ich beaufsichtigte nur die Entwürfe und machte manchmal ein paar Änderungsvorschläge. Ich könnte sogar einen Assistenten einstellen, meine beiden Partner hätten sicher nichts dagegen. Doch Mutter flehte mich an: »Hör nicht auf ihn! Bitte, hör nicht auf ihn. Ich bin bereit, ihn mein ganzes Leben lang zu wickeln, seine Scheiße abzuwaschen, ihn zu rasieren und alle seine Beleidigungen zu ertragen, aber ich bin nicht bereit, dich mit nur einem Arm zu sehen.«

Danach weigerte sich Vater, mit mir zu sprechen. Er war rachsüchtig, aber er hatte in seinem Hochmut die Hoffnung noch nicht aufgegeben, dass ich meine Meinung doch noch ändern würde, dass ich plötzlich zu ihm ins Zimmer kommen und sagen würde: »In Ordnung, Papa, ich bin einverstanden. Wir reisen für die Operation nach Frankreich.«

Ich reiste jetzt viel. Nach Paris, wo ich meine Freundin besuchte. Es waren kurze, flüchtige Besuche, aber sie waren angenehm, weil ich die Zeit weit entfernt von zu Hause verbrachte, wo die Stimmung mittlerweile vergiftet war. Zum einen wegen Vaters sich stets verschlechternder Laune, zum anderen wegen Mutters Trauer, deren Körper zum Spielfeld von Bluthochdruck, Herzrhythmusstörungen und Zucker geworden war.

Einmal schenkte mir meine Freundin eine Musikbox. Sie hatte eine kleine Kurbel, und wenn man sie mit zwei Fingern drehte, spielte sie das Lied »Non, je ne regrette rien« von Edith Piaf. Ich war immer noch im Besitz der Grammophonkurbel aus Beirut. Als ich nach Hause zurückkehrte, verfiel ich auf die Idee, die Kurbel mit dem Arm der kleinen Musikbox zu verbinden. Ich überlegte, Vater zum Geburtstag die Musikbox mit jener Grammophonkurbel zu schenken, die er immer in Abu Elias Bar bedient hatte. Vielleicht würde er mir ja dann verzeihen. Aber ich war unschlüssig, denn wahrscheinlicher war, dass es ihn provozierte. Mein Vater fand die Musikbox jedoch, und es gelang ihm, sie in sein Zimmer zu schaffen. Ich habe keine Ahnung, wie er es bewerkstelligt hat, sie auf die Kommode zwischen die Schachteln mit seinen Medikamenten zu stellen. Er sagte nichts. Er stellte einfach die Box mit der alten Grammophonkurbel auf die Kommode. Natürlich war er nicht imstande, sie in Betrieb zu nehmen, und er verlangte auch von Mutter nicht, sie anzustellen. Vielleicht ging es ihm einfach nur um die Grammophonkurbel. Vielleicht behielt er die Kurbel mitsamt der Musikbox einfach deshalb, weil er nicht dazu in der Lage war, die Kurbel von der kleinen Musikbox abzumontieren.

Mich machte die ganze Sache ziemlich verlegen. Zum ersten Mal hatte ich ein schlechtes Gewissen. Einerseits, weil ich die Kurbel ganze dreiundzwanzig Jahre lang aufgehoben hatte, ohne es ihm zu sagen. Und außerdem, weil ich mir erlaubt hatte, die Kurbel an die Musikbox aus Frankreich zu montieren, ausgerechnet aus dem Land, in dem Vater die Operation durchführen und sich einen meiner Arme transplantieren lassen wollte. Ich glaube, das hat ihn sehr geschmerzt. Tagelang aß er nichts mehr, und kurz darauf erlitt er einen körperlichen Zusammenbruch. Er war jetzt zweiundsiebzig Jahre alt. Ich ging zu ihm ins Zimmer, er war kreidebleich, der Mund stand offen, und er atmete unregelmäßig. Ich sprach ihn an, aber er antwortete nicht. Er war nicht bei Bewusstsein. Wir riefen einen Arzt, der ihn in aller Eile untersuchte und uns darüber informierte, dass sein Puls äußerst schwach sei und er nur noch wenige Stunden zu leben habe. Mit den Worten »Das ist besser, wer weiß, was passieren kann«, legte er ihm eine Infusion und ging.

Es gab nichts, was ich tun konnte. Ich setzte mich neben ihn aufs Bett und nahm die Musikbox mit der alten Grammophonkurbel in die Hand. Sie war das Letzte gewesen, was Vater vor dem Verlust seiner Arme in der Hand gehalten hatte. Ich begann, sie zu drehen. Ich wollte, dass er die Musik aus der Box hörte, bevor er starb. Ich sah, dass sich ein schwaches Lächeln auf seine Lippen legte.

Er war glücklich, aber er wachte nicht auf. Er lächelte nur. Aber nicht nur das, es kam mir sogar so vor, als würden seine Arme langsam von der Stelle aus zu wachsen beginnen, wo sie abgerissen worden waren. Wie zwei Pilze unter einem Stein, die aus dem Boden schießen, sobald man den Stein fortnimmt. Das machte mir Mut, und ich begann, die Kurbel stärker und stärker zu drehen. Mein Herz schlug heftig. Ich wollte, dass seine Arme wieder ganz würden, als wäre die Vakuumbombe niemals eingeschlagen und als hätte Mutter ihn nicht ihr Leben lang gewickelt und als hätte er nicht neben dieser kleinen Musikbox verweilt und darauf gewartet, dass etwas passierte, etwas ganz Außergewöhnliches.

Ein Witz

Ich versuche, mir einen Witz auszudenken. Einen ganz neuen. Ich habe keine fertigen Witze im Kopf. Und an die wenigen Witze, die ich gehört habe, kann ich mich nicht erinnern. Deshalb denke ich mir ein Szenario für einen Witz aus. Ich blicke mich um. Nichts ist für einen Witz zu gebrauchen, außer meinen Eltern. Es sind nicht meine richtigen Eltern, sondern meine Adoptiveltern. Ihr Sohn ist fort, um zu betteln. Vielleicht ist auch er nicht ihr Sohn, sondern möglicherweise ebenfalls ihr Adoptivsohn. Manche behaupten, er sei mein Bruder. Aber ich glaube das nicht, obwohl wir uns ähnlich sehen. Manchmal habe ich Mitleid mit ihm, weil er nur einen Arm hat. Aber mit dem kann er betteln. Ich nicht.

Er ist der einzige Ernährer der Familie, denn meine Adoptiveltern sind alt. Und ich bin noch zu klein, sagen sie. Außerdem hindert mich mein körperliches Handicap daran, zu betteln oder zu arbeiten. Ich schäme mich, es jemandem zu erzählen, vielleicht klingt es für euch banal und nicht der Erwähnung wert. Was kann ein Junge schon arbeiten, wenn er jede Viertelstunde pinkeln muss. Wie kann das sein? Ich weiß es nicht!

Obwohl ich nicht viel Wasser trinke, muss ich immer pinkeln, sogar wenn ich schlafe. Eine Zeit lang habe ich eingenässt, und dann war die ganze Matratze nass. Wenn ich im Hof geschlafen habe, auf den Müllhaufen, die dort herumliegen, habe ich das ganze Papier darin nass gemacht. Meine Eltern hindern mich nicht daran, dort zu schlafen, und ich halte es nicht für schändlich, wenn man in seinem eigenen Müll schläft, aber es ist eine Schande, im Müll anderer zu schlafen. Jetzt schlafe ich nicht mehr dort, ich bin jetzt ein oder zwei Jahre älter. Wenn man älter wird, denkt man mehr nach und findet Möglichkeiten, ein Problem zu vermeiden. Deshalb trage ich jetzt Windeln und kann nun schlafen, wo ich will.

Manchmal schlafe ich auf dem Sofa und stelle mir vor, der Fernseher laufe und ich sähe alle Kanäle gleichzeitig. Ich weiß nicht, wie, aber es muss eine Möglichkeit geben, alle Kanäle auf einmal zu sehen. Dann kommt mein Bruder von der Arbeit, nimmt mir die Seife aus der Hand und sagt: »Das ist keine Fernbedienung.« Laut und deutlich. So: »Das – ist – kei – ne – Fern – be – die – nung«, und bringt mich ins Schlafzimmer. Wenn ich schlafe, kann ich nur mit den Beinen eines anderen gehen.

Wir teilen uns das Zimmer. Tagsüber nutzen wir es als Küche, während die beiden Alten im anderen Zimmer schlafen. Im Winter habe ich im Hof geschlafen, zwischen den Müllbergen. Dort ist es wärmer. Mein Bruder bereitet mir mit seinem einen Arm eine Unterlage aus Zeitungen. Er sammelt sie tagsüber in den nahe gelegenen Geschäften, Friseursalons, Cafés und Supermärkten zusammen. Jeden Tag bettelt mein Bruder in einer anderen Straße. Damit er neu bleibt. Ein neuer Bettler lenkt die Aufmerksamkeit auf sich. Und jeden Tag denke ich über einen Witz nach, den ich ihm erzählen möchte, denn ich habe keine andere Möglichkeit, mich bei ihm zu bedanken. Ich sage zu ihm: »Eines Tages werde ich einen schönen langen Witz für dich erfinden, der dich zwei Tage hintereinander pausenlos lachen lässt.« Er nickt. Ich kann mich nicht daran erinnern, meinen Bruder jemals lachen gesehen zu haben. Zumindest nicht, nachdem ihn eine Glastür in einem riesigen Gebäude gestoppt hatte und er bemerkte, dass er nur noch anderthalb Arme hat, keine zwei. Meine Eltern sagen, er sei so aus dem Bauch meiner Mutter gekrochen.

Ich weiß, dass der neue Witz aus meinem Bruder keinen glücklichen Bettler macht, aber ich möchte ihn so aufsehenerregend machen, dass er in meine Biografie einfließt. Er soll so lange nachwirken, dass mein Bruder zwei aufeinanderfolgende Tage lacht und nicht einmal zum Betteln geht. Denn er wird, wie jeder andere Bettler auch, keinen Groschen verdienen, wenn er auf dem Bürgersteig steht und laut lachend seinen einen Arm ausstreckt. Dann wird es zu Hause nichts zu essen geben, weil wir zwei Tage lang kein Geld haben. Und wenn man viel lacht, bekommt man Hunger. Genau wie wenn man Sport treibt. Das wird meinen

alten Vater wütend machen, und er wird mich bestra-
fen, indem er mir die Windeln wegnimmt. Mutter hingegen wird die restlichen Windeln verstecken und mir
den Putzlappen zuwerfen, und ich werde zwei Tage damit verbringen, meiner Pisse hinterherzuwischen, die
meine Kleidung nass gemacht hat und die Klobrille
und den Boden und das Bett und den Hof. Mal rutsche ich vielleicht aus, und mal mache ich mir vielleicht
in die Hose, während ich noch die Pisse der ersten
Runde wegwische, während mein Bruder lacht und sich
mit seinem muskulösen einzigen Arm gegen die Stirn
schlägt und mit Mühe hervorbringt: »Das nützt nichts,
Mann, das nützt gar nichts.«

Kino

Die ganze Sache passierte fünf Tage, nachdem wir im Kino Zuflucht gefunden hatten. Die Essensvorräte waren fast aufgebraucht, und unsere Mahlzeiten beschränkten sich auf dreieckige Stücke gelben Käses. Um ein Uhr mittags holte Mama aus dem Bauch des Teddys, den meine Schwester mitgebracht hatte, ein Stück heraus und teilte es in zwei Hälften. Die eine aß ich, die andere meine Schwester. Die Köpfe hatten wir unter die samtenen Kinositze gesteckt, damit uns die anderen Kinder, die genauso hungrig waren wie wir, nicht sahen. Wir verrieten auch niemandem, dass im Bauch des Teddybären noch sieben weitere Käseecken steckten.

Um acht Uhr abends holte Mama ein weiteres Käsedreieck aus dem Teddybauch, das meine Schwester und ich auf die gleiche Weise verzehrten, dann schliefen wir ein. Dutzende Familien hatten im Kino Zuflucht gesucht, weil es im dritten Stock unter der Erde lag.

Am ersten Tag verteilten sich die Familien auf die Sitze, doch da das Bombardement täglich zunahm, zog es die Menschen jedes Mal von den oberen Sitzen ein Stück weiter nach unten. Und als der Panzer der Besatzungsarmee den Vorführraum am oberen Ende des Saals bombardierte, drängten sich die meisten Familien hinter den Vorhang auf die Bühne. Wir waren jetzt nur durch die kurze Wand zwischen Vorführraum und Kinosaal von der Außenwelt getrennt. Die Kinder konnten das Tageslicht durch die rechteckige Öffnung sehen, durch die normalerweise die Filmstrahlen fielen.

Manchmal sahen wir Kimo, den Verrückten, vorbeilaufen. Kimo suchte während des ganzen Krieges nirgendwo Zuflucht und war an keinem Schutzort willkommen. Es hieß, der Grund für seinen Wahnsinn sei ein Splitter, der immer noch in seinem Körper steckte, doch niemand wusste, wo genau. Von der Bühne aus konnte man die leere Straße sehen. Und wenn man an der Seite des Vorhangs stand, konnte man einen sehr kleinen Teil des Riesenrads auf dem Rummelplatz erkennen. Diese Seite des Vorhangs war der Lieblingsort der Kinder; sie verbrachten ganze Tage dort.

Am fünften Tag schlug eine Granate im Kino ein. Zwischen die Sitze. Ich erinnere mich nicht an alle Details, aber was die Granate bewirkte, war, dass sie mich von der Bühne auf einen der Kinositze schleuderte. Als ich die Augen wieder öffnete, konnte ich mich nicht bewegen, und der Sitz hatte sich umgedreht und war jetzt Richtung Straße gerichtet, nicht zur Leinwand. Seltsam war auch, dass die Wand zwischen dem Vorführraum und dem Kinosaal nicht eingestürzt war. Wo genau die Granate auf das Kino niedergegangen war, konnte ich nicht erkennen, denn es gab nirgendwo irgendein Loch. Der Teddy meiner Schwester lag jetzt in meinen

Armen, meine Schwester aber war nicht da. Auch nicht meine Mutter und keines der Kinder und keine der Familien. Der Teddy hingegen war vollgestopft mit gelben Käseecken, unter ihnen eine Käsemarke, die ich noch nie gesehen hatte.

»Schwester, Schwester, komm her, wir teilen uns eine Käseecke, nein, sogar zwei. Du bekommst eine ganze, und ich bekomme auch eine ganze, denn Mama ist nicht da«, rief ich meine Schwester. Aber meine Schwester tauchte nicht auf. Ich stand nicht auf, denn dazu gab es keinen Grund, der Kinositz war schön und warm. Ich dachte, er sei mit Millionen weicher, auf Fäden aufgereihter Sandkörner gefüllt. Auf sehr dünnen Fäden. Ich kam sogar auf die Idee, sie mit ins Grab zu nehmen. Und statt liegend beerdigt zu werden, würde man mich auf dem Kinositz begraben. Ich weiß nicht, warum ich auf diese Idee verfiel, denn ich fühlte mich inmitten dieser Stille im Kino eigentlich ganz behaglich.

Am nächsten Morgen sah ich die Kuh. Ich saß immer noch auf dem Kinositz, und die Kuh lief am Vorführraum vorbei. Sie blieb einige Augenblicke stehen, senkte den Kopf und blickte mich durch die längliche Öffnung an, dann setzte sie ihren Weg fort. Es war eine große schöne Kuh. Ich sah mich auf der Suche nach meiner Schwester oder irgendeinem anderen Kind um, weil ich sie auf die Kuh aufmerksam machen wollte, aber das Kino war leer. Ich versuchte, vom Sitz aufzustehen, es gelang mir jedoch nicht. Der Teddy hockte auf meinem Bauch, ich konnte ihn nicht wegschieben. Er war zu schwer. Ich fragte mich, ob es an den gelben Käseecken in seinem Bauch lag. Ich öffnete den Reißverschluss des Teddys und holte ein Käsestück heraus. Ich packte es aus und teilte es in zwei Hälften, verschlang eine mit einem Bissen und hielt die andere in die Höhe. Ich hoffte, meine Schwester würde sie sehen und aus ihrem Versteck kriechen und zu mir kommen. Vielleicht saß sie ja auf einem der Sitze hinter mir und war genauso hungrig wie ich. Aber meine Schwester tauchte nicht auf. Also aß ich auch die andere Käsehälfte. Ich wurde jedoch nicht satt, und so holte ich ein weiteres Käsestück aus dem Teddybauch und aß es, dann ein drittes und ein viertes. Ich konnte nicht aufhören zu essen. Ich war hungrig, und die Käseecken schmeckten wirklich köstlich, sogar jene, die ich vorher noch gar nicht probiert hatte. Ich aß mehrere Ecken auf einmal, aber ich wurde einfach nicht satt.

Das Essen des Käses auf dem Kinositz ermüdete mich, und ich schlief ein. Alle anderen Kinositze standen komischerweise noch richtig herum, außer meinem, der wie gesagt mit dem Rücken zur Leinwand und zum oben gelegenen Vorführraum gedreht war.

Am nächsten Morgen wiederholte sich die Szene. Die Kuh kam vorbei, schaute mich durch die längliche Öffnung der Vorführraumwand an, dann setzte sie ihren Weg fort. Ich möchte euch nun nicht verheimlichen, dass die Kuh durchaus meine Neugier weckte. »Was macht eine Kuh im Vorführraum?«, fragte ich mich. Ich dachte, dass das Militär sie hatte laufen lassen, um die Menschen im Kino auszuspionieren. Ich wusste nichts über das Verhalten von Kühen, aber ich spürte, dass ich Lust hatte, ihr hinterherzulaufen, denn sie war die erste Kuh, die ich je leibhaftig gesehen hatte.

Der Teddy war jetzt viel leichter, weil ich viele der Käsestücke aus seinem Bauch verputzt hatte. Ich packte in aller Eile drei weitere aus und stopfte sie mir eines nach dem anderen in den Mund. Sie schmeckten jetzt ganz anders. Weniger delikat als vorher. Ihre Klebrigkeit reizte meinen Magen. Sie kitzelten meinen Gaumen, und ich hatte das Gefühl, mich übergeben zu müssen, doch ich schluckte sie herunter wie eine Medizin. Trotzdem konnte ich nur mit großer Mühe vom Sitz aufstehen, um der Kuh zu folgen. Ich verließ den Kinosaal und ging hinter ihr her. Die Kuh hatte keine Eile, sondern lief ganz gemächlich. Wegen der überall herumliegenden Trümmer kam sie nur mit Mühe voran. Trotzdem schien sie vollkommen gefasst zu sein, als wüsste sie genau, wo sie hinwollte. Mir fiel auf, wie sauber sie war, wie eine Hauskatze und keine Kuh. Von Zeit zu Zeit blieb sie stehen, senkte den Kopf und fraß etwas, was gerade auf den Boden gefallen war. Ich konnte nicht sehen, was es war, aber ich sah, dass sie hungrig war. Ich hielt den Teddy in der Hand. Ich dachte, ich hätte ihn auf dem Kinositz vergessen, stellte aber fest, dass ich ihn im Arm hielt. Seit das Kino bombardiert worden war, steckte er stets voller Käseecken. Diesmal war er nicht so schwer wie vorher, als ich auf dem Sitz gesessen hatte, und trotzdem hatte ich das Gefühl, er sei mit Käse vollgestopft. Ich holte ein Stück heraus und warf es so weit wie möglich in Richtung der hungrigen Kuh, damit sie es fraß. Ich hatte es nicht ausgepackt und war mir nicht sicher, ob die Kuh es mit den Zähnen würde öffnen können. Trotzdem warf ich es ihr hin. Obwohl die Käseecke klein war, flog sie nicht weit. Sie landete einen oder zwei Schritte von mir entfernt, und die Kuh bemerkte sie überhaupt nicht. Sie war hinter ihr zu Boden gefallen und hatte absolut kein Geräusch verursacht. Ich holte ein zweites Käsestück heraus, packte es dieses Mal aus und warf es abermals. Aber auch dieses Mal fiel der Käse einen oder zwei Schritte von mir entfernt auf die Erde. Es war, als würde ich einen schweren Sack werfen.

Ich weiß nicht, warum das Käsestück nicht weiter flog. Ich schloss den Reißverschluss des Teddys und folgte der Kuh. Sie bewegte sich nicht nur wegen der Trümmer so langsam, sondern auch, weil die Straße für sie zu eng war. Es war eine wirklich fette Kuh, aber sie setzte ihren Weg fort. Wenn sie ging, scheuerte ihr dicker Körper an den Mauern der aneinandergedrängten Häuser entlang. Manchmal fiel dabei eine Pflanze herab, und die Kuh blieb stehen, senkte den Kopf und fraß sie. Es gab noch viele andere Pflanzen, die kaputt unter den Trümmern begraben waren, aber die Kuh nahm sie gar nicht wahr. Sie fraß nur die Pflanzen, die durch den Kontakt ihres Körpers mit den Hausmauern herunterfielen.

Ich wollte der Kuh folgen, um herauszufinden, wohin sie ging, aber ich hatte Angst, dass ich nicht mehr zum Kino zurückfinden würde. Also kehrte ich um. Auf dem Weg versuchte ich, ein paar Pflanzen aus dem Schutt herauszuziehen, aber der Schutt war zu schwer. Ich war nicht einmal in der Lage, auch nur ein Körnchen davon zu bewegen. Ich wollte wirklich den Hunger der Kuh mit toten Pflanzen stillen. Vielleicht hatte die Kuh ja Angst, und die Angst hinderte sie daran, einen Moment stehen zu bleiben, um zu fressen. Deshalb fraß sie nur die Pflanzen, die unmittelbar vor ihr zu Boden fielen. Das war einfacher, und sie musste sich nicht lange aufhalten.

Aber die Kuh war keine Kuh wie jene, die panisch von Lastwagen heruntertrampeln oder in der Nacht vor der Schlachtung vom Bauernhof Reißaus nehmen, um sich mit tränenverhangenen schwarzen Augen und heftig pochendem Herzen in einer Schulklasse zu verstecken. Nein. Es war eine Kuh, die sich vollkommen von allen anderen Kühen, von denen man vielleicht gehört hat, unterschied. Sie gehörte einem Soldaten, der die ganze Zeit auf der Suche nach ihr war. Auf dem Weg zurück zum Kino hielt er mich an und fragte, ob ich irgendwo eine Kuh gesehen hätte. Seine Uniform verriet mir, dass er einer der Soldaten war, wegen denen wir uns im Kino versteckt hatten. Deshalb bekam ich es mit der Angst und fing fast an zu weinen, als er mich ansprach. Aber er sagte, er werde mir nichts tun, wenn ich ihn zu der Kuh führen würde. Ich entgegnete, ich hätte nirgendwo eine Kuh gesehen. Ich hatte das Gefühl, die Wahrheit zu sagen, die ganze Wahrheit, und wirklich weit und breit keine Kuh gesehen zu haben. Er fragte auch nach dem Teddy, und ich erklärte ihm, er sei für das Essen, und im Inneren steckten Käseecken. Aber das interessierte ihn nicht. Er forderte mich nicht auf, den Reißverschluss des Teddys zu öffnen, um sich zu vergewissern. An seiner Hüfte hing eine Pistole.

Der Soldat erzählte mir, er sei mit der Kuh von seinem weit entfernten Zuhause hergekommen und habe sich, als sie ihn in den Krieg einberiefen, nicht von ihr trennen können. Deshalb habe er sie mitgebracht. Er liebte sie sehr.

Und er sagte, die Kuh habe zusammen mit ihm im Panzer gesessen. Er habe sie ohne Wissen des Offiziers mitgenommen. Vor ein paar Tagen aber habe er sie verloren. Der Panzer sei in eine Falle geraten, er sei am Arm verletzt worden und habe das Bewusstsein verloren, und als er wieder zu sich gekommen war, habe er sich nach der Kuh erkundigt. Sie dachten, er halluziniere. Sie gaben ihm eine Spritze zum Schlafen, und als er aufwachte, fragte er sie ein weiteres Mal, und da gaben sie ihm noch eine Spritze. Er sagte, er habe eine ganze Woche lang Betäubungsspritzen bekommen, egal ob er nach der Kuh gefragt habe oder nicht. Dann brachten sie ihn zu seiner Einheit zurück. Aber wie eine Kuh aus einem Panzer klettern konnte, wisse er nicht. Er redete, und ich hörte zu. Er sagte, er sei in die Wohnungen hochgestiegen, habe an die Türen geklopft, und als man ihm öffnete, habe er die Leute gefragt: »Gibt es hier Terroristen?« Aber nicht die »Terroristen« interessierten ihn, sondern die Kuh. Er betrat die Wohnungen nicht, sondern warf von der Tür aus, wo er stand, einen Blick hinein, um zu sehen, ob sie dort war oder nicht. Er wusste, wie sie sich anhörte, und würde sie an ihrer Stimme erkennen. Seine Kuh konnte nämlich keine Fremden ertragen, und deshalb würde sie, sobald sie ihren Soldatenfreund sähe, zweifellos zu muhen beginnen.

Als der Soldat zu Ende gesprochen hatte, ging ich weg. Ich wollte über gar nichts mit ihm reden. Ich sagte: »Ich habe die Kuh nicht gesehen«, und ging. Er setzte seinen Weg in die andere Richtung fort, um weiter nach seiner Kuh zu suchen. Bevor ich zum Kino kam, fasste ich den Entschluss, die Kuh zu töten, wenn ich sie wiedersähe. Und wenn ich nicht imstande wäre, sie zu töten, dann müsste ich ihr zumindest etwas zuleide tun, damit er sie nicht mehr in den Panzer stecken könnte. Aus unerfindlichen Gründen war ich mir sicher, dass die Kuh am nächsten Morgen wieder am Vorführraum vorbeilaufen würde. Und so geschah es auch.

Und wieder folgte ich ihr unwillkürlich.

Die Kuh nahm dieselbe Strecke. Dieses Mal war ich entschlossen, ihr zu den Gebäuden vorauszulaufen. Ich rannte, so schnell ich konnte, in einer Hand den Teddy, der schwer in der Luft schaukelte, weil sein Bauch mit Käseecken vollgestopft war. Ich überholte die Kuh, und beim ersten Gebäude blieb ich stehen, holte eine Käseecke heraus und stopfte sie in die Ritzen der Mauer. Das machte ich bei jedem Haus, zu dem ich kam. Wenn der Körper der Kuh jetzt an den Hauswänden entlangschrappte, fiel keine einzige Pflanze heraus. Und die Kuh würde verhungern. Drei Tage lang folgte ich der Kuh, kam vor ihr zu den Gebäuden und verstopfte die Ritzen mit Käse. Die Kuh änderte mehrmals ihre Strecke, lief an anderen Häusern vorbei, aber ich kam ihr jedes Mal zuvor, sodass sie keine Möglichkeit hatte, Pflanzen herunterfallen zu lassen. Drei Tage hintereinander fraß die Kuh keinen einzigen Halm, bis sie vor Hunger umfiel. Es war schließlich eine Kuh, keine Katze, sie leckte den Käse nicht von den Gebäuden, wie es Katzen vielleicht tun würden.

Die Kuh war erschöpft, und ich auch. Ich blieb stehen und schaute sie erleichtert an. Ich trat sogar nach ihr. Der Tritt fügte ihr jedoch keine Schmerzen zu. Ich hatte in den letzten Tagen viel gearbeitet, die meiste Zeit hatte ich damit verbracht, die Ritzen mit Käse zu verstopfen. Ich selbst hatte während der Arbeit kein einziges Stück gegessen und alle Käseecken verbraucht. Ausruhen konnte ich mich nur, als ich auf dem in Richtung Vorführraum gedrehten Kinositz geschlafen hatte. Ich hatte mich auf keinen anderen Platz gesetzt, denn es war der einzige, der Richtung Vorführraum blickte, sodass ich von dort morgens die Kuh vorbeilaufen sehen konnte.

Die Kuh muhte jetzt, als sie auf dem Boden lag. Ich fürchtete, der Soldat könne ihr Muhen hören, herkommen und mich festnehmen. Aber zum Glück muhte sie nur leise, weil sie so kraftlos war. Ich musste eine Möglichkeit finden, die Kuh zu quälen, ohne dass der Soldat es merken würde, wenn er sie fand.

Ich entdeckte vier Fußbälle zwischen den Trümmern. Sie waren alle durchlöchert. Ich sammelte sie ein und ging zu der Kuh. Als sie mich mit den Bällen auf sich zukommen sah, versuchte sie aufzustehen. Sie hatte Angst. Große Angst. Sie lief ein paar Schritte, setzte sich aber sogleich wieder auf den Boden und keuchte. Ich ergriff die Gelegenheit und stopfte ihr ein Stück von dem Kautschukfußball ins Maul. Anfangs wehrte sie sich, aber weil sie so hungrig war, begann sie, das Stück Kautschuk zu kauen, dann schluckte sie es herunter.

Am Ende fraß die Kuh alle vier Fußbälle. Aber statt zu leiden und zum Beispiel Durchfall oder Blähungen zu bekommen, pumpte sich ihr Körper auf. Es ging ihr besser. Mir war, als hätte ich einen Fehler gemacht, als ich der Kuh die Kautschukbälle zu fressen gegeben hatte. Es machte ihr nichts aus, sie litt keine Qualen.

Ich probierte andere Dinge aus: Tellerscherben, altes Obst, schimmeliges Brot, Schnürsenkel, die Schnalle einer Schultasche, einen Schlüsselanhänger. Alles, außer Fotos und Kassetten. Die Kuh fraß, ohne zu murren. Sie legte an Gewicht zu und bekam ihre Energie zurück. Aber ihre Augen waren traurig. Und um nicht zu weinen, vermied ich es, ihr in die Augen zu schauen. Sie war jetzt ganz komisch aufgebläht, das Fell stand in die Höhe. Sie sah aus wie ein gigantischer weißer

Igel mit schwarzen Flecken. Sie suchte nun nach allem Möglichen zu fressen. Und am nächsten Tag sah ich, wie sie Süßigkeiten, Kuchen und Sahnebonbons fraß, keine Ahnung, wo sie das alles gefunden hatte. Sie konnte gar nicht mehr aufhören zu fressen.

Am letzten Tag tauchte die Kuh wie gewöhnlich morgens auf. Sie ging am Fenster des Vorführraums vorbei, aber ganz langsam. Sie war jetzt dicker als je zuvor. Und sie war so schwer, dass ihre Beine sie nicht mehr tragen konnten. Und sie war schmutzig und hatte Quetschungen. Vielleicht war sie auf dem Weg gestolpert, oder irgendein Teil war aus den eingestürzten Gebäuden in der Umgebung des Kinos auf sie gefallen, jenen Häusern, deren Risse ich mit Käse zugestopft hatte, sodass die Fliegen nun daran zu lecken begonnen hatten. Vielleicht beeinflusste das die Stabilität dieser Häuser. Ich saß auf dem gleichen Sitz im Kino, um mich herum Stille. Außer mir war niemand da. Weder meine Mutter noch meine Schwester, noch die anderen. Die Kuh schaute mich durch die Luke des Vorführraums an, aber diesmal ging sie nirgendwohin. Sie konnte den Vorführraum nicht verlassen. Und statt einen Schritt nach vorn zu tun, setzte sie sich hin, wo sie war. Ich stand von meinem Sitz auf und betrat den Vorführraum. Ich wollte, dass die Kuh verschwände, dass sie wie jeden Tag fortginge. Aber sie blieb dort sitzen. Ich verpasste ihr einige Fußtritte, aber weder stöhnte sie noch stieß sie ein Muhen aus. Ich versuchte, sie mit beiden Händen wegzuschieben, hatte jedoch zu wenig Kraft. Ich trat ein Stück zurück und schaute sie an. Dann ging ich wieder in den Kinosaal, setzte mich auf meinen Platz und betrachtete die Kuh. Ich wusste, dass sie nirgendwohin gehen würde. Die Kuh verdeckte jetzt das Sonnenlicht, das üblicherweise morgens durch die Öffnung in der Wand des Vorführraums fiel. Der Kinosaal war so stockdunkel, als wären alle Lichter gelöscht worden, weil der Film beginnt.

Biskuit

Mutter saß ganz ruhig auf dem Sitz hinter mir, während ich das Auto steuerte und meiner Frau einen Witz erzählte. Wir waren auf dem Weg zum Spital für Nervenkranke, um Mutter zurückzubringen, die ihren freien Tag bei uns verbracht hatte. Sechs Tage die Woche wohnt Mutter im Spital. Alzheimer. Das Auto fuhr mit achtzig Stundenkilometern. Das ist nicht einfach nur ein Detail. Ich werde niemals erfahren, ob der Witz gut war oder nicht, denn meine Frau kam gar nicht dazu zu lachen. In dem Moment, als ich den Witz zu Ende erzählt hatte, sahen wir einen alten Mann die Autobahn überqueren. Schon wenn man fünfzig fährt, sieht ein schneller Tod aus, als geschähe er in Zeitlupe.

Ich hielt natürlich wie viele andere an, half meiner Mutter zusammen mit meiner Frau aus dem Wagen und brachte sie hinter die Zementleitplanke, von wo aus sie zuschauen konnten. Der Alte war wirklich komisch. Er lief leichtfüßig zwischen den Autos hindurch, hüpfte auf einem Bein, verschonte ein Auto, wich einem aus, drehte sich um sich selbst, rollte wie ein Reifen, öffnete sich wie eine Sicherheitsnadel und verteilte seine kraftlosen Boxhiebe. Ich ließ Mutter und meine Frau in sicherer Entfernung stehen, denn ich fürchtete, der Alte könnte uns mit seinem Boxhandschuh berühren, und wir würden uns auch in ein Biskuit verwandeln. Der Handschuh des Alten blähte sich nämlich immer weiter auf, wenn er damit ein Auto berührte und es in ein Biskuit verwandelte. Meine Frau versuchte, dem Alten etwas zuzurufen, doch ich stieß sie mit dem Ellbogen, und sie verstand, dass sie still sein sollte. Mutters Augen aber sogen die Szene geradezu auf, weil ich begonnen hatte, ihr mit dem Enthusiasmus eines Sportkommentators alles im Detail zu beschreiben.

Der Alte schien keine Angst zu haben. Er ging ein paar Meter zwischen den schnell fahrenden Autos über die Autobahn, dann nahm er seine weiße Mütze ab und wickelte sie sich wie einen Boxhandschuh um die Faust. Der Alte wollte nicht gegen die Autos boxen, sondern sie nur berühren. Die schnell fahrenden Autos versuchten, ihm auszuweichen, doch es gelang ihnen nicht. Jedes Auto, das er berührte, verwandelte sich in einen Biskuithaufen. Und wegen der überhöhten Geschwindigkeit überschlug es sich und landete am Ende zerbröselt am Straßenrand. Und dort entstand aus den Bröseln das riesige Biskuit.

Auf dem Weg ins Sanatorium sagte meine Frau lächelnd, dass sie dem Alten nur eine einzige Frage hatte stellen wollen. Ich kommentierte das nicht. Wir kamen zur Tür des Spitals, ich ließ Mutter aussteigen, gab sie der schönen Krankenschwester an die Hand und flüsterte Mama ins Ohr: »Mama, erzähl der Mademoiselle die Geschichte von dem Alten.« Und tatsächlich hob Mutter zu einem Monolog über das Biskuit an, während sie mit der Krankenschwester fortging. Letztere hörte ich noch zu meiner Mutter sagen: »Und was ist dann passiert?« Mutter sagte nichts, weil sie sich nicht mehr erinnern konnte, und die Krankenschwester meinte: »Was halten Sie davon, wenn wir Ihnen eine Spritze geben, die Ihnen dabei hilft, sich an das Ende der Geschichte zu erinnern?«

Das mache ich immer mit Mutter. Ich konfrontiere sie einmal in der Woche mit einer Geschichte. Letzte Woche waren wir allein. Meine Frau war nicht dabei. Ich stoppte den Wagen vor einem Biskuitverkäufer. Ein Junge, der auf dem Rücken einen riesigen Leinensack schleppte, vollgestopft mit riesigen Biskuits, die er kiloweise verkaufte. Es waren Biskuits, wie man sie zu Hause zur Herstellung von Süßigkeiten verwendet. In der Vorstellung, es seien seine Mütter, ging er auf die Autos zu, in denen alte Frauen saßen.

Er kam zu dem Autofenster auf Mutters Seite und fragte: »Möchten Sie ein Biskuit, Madame? Nehmen Sie eins, und geben Sie mir dafür so viel Geld, wie Sie wollen.« Aber Mutter antwortete nicht. Sie wusste im ersten Moment nicht, wovon der Junge redete. Ich sagte zu ihr: »Mama, ein Biskuit. Biskuit. Du weißt doch, was ein Biskuit ist, nicht wahr?« Doch sie reagierte nicht. Ich bat den Jungen, ein Biskuit aus seinem Sack zu holen und es ihr zu zeigen. »Ein riesiges Biskuit, Mama, nicht wahr?«, sagte ich. Mutter lächelte, als sie das übergroße Biskuit sah. »Das ist halb so groß wie die Motorhaube des Renault 5, den ich gerade fahre.« Dann fügte ich hinzu, dass der Junge noch andere Biskuits habe. Einige so groß wie eine Kachel, andere wie eine Schultafel.

Mutter ist nicht mehr imstande, all die köstlichen Süßigkeiten zuzubereiten, die sie in den Kriegstagen so hervorragend gebacken hatte. Das Kuchenbacken erfordert hohe Konzentration, und unter gewissen Umständen auch Entschlusskraft. Mutter arbeitete inmitten des Bombardements und des Geschreis der Nachbarn und deren Kinder. Sie schickte uns mit Vater in den Schutzraum hinunter und blieb selbst oben in der Küche. Sie kam erst zu uns, wenn sie den fertigen Kuchen in der Hand hielt, bei dem Biskuits stets der Hauptbestandteil waren. Das war billiger, als die Kuchen mit Schokolade, Sahne oder Früchten zu füllen. Vater liebte Biskuitkuchen. Als wir den Biskuitjungen, der uns nichts von seiner Ware hatte verkaufen können, hinter uns ließen, sagte ich zu Mutter: »Nächste Woche werde ich dir zeigen, woher der Junge diese ganzen Biskuits hat.«

Im Krankenhaus hat Mutter manchmal einen Wutanfall und sagt zu ihrem Arzt, dass ich es sei, der diese ganzen Geschichten erfinde. Der Arzt bestellte mich mehrmals zu sich, um dem Wahrheitsgehalt ihrer Worte auf den Grund zu gehen. Ich leugne natürlich. Ich sage, meine Mutter habe Alzheimer, das sei alles. Und die Alzheimerkrankheit sei der Grund für ihre

Verwirrung und diese Anschuldigungen. Sie sagte: »Der Scheich war tot, besudelt mit seinem Blut. Er versuchte vergeblich, die Autobahn zu überqueren, er wurde von einem Auto überfahren. Ich habe kein einziges Biskuit gesehen.« Dann fügte sie noch hinzu, dass sie sich dessen nicht sicher sei. Sie brach zusammen, und sie gaben ihr eine Beruhigungsspritze.

Ich weiß, dass Mutter kein Alzheimer hat. Mutter weiß das auch. Vielleicht auch der Arzt. Aber ich zahle regelmäßig die Kosten für das Spital, die Alzheimerbehandlung inbegriffen. Nicht, damit Mutter im Krankenhaus bleibt, sondern in der Biskuitgeschichte.

Zusätzlich zum Wochenende besuche ich Mutter jeden Mittwoch. Ich bleibe eine oder anderthalb Stunden bei ihr, und sie schweigt die ganze Zeit. Ich erzähle ihr, dass der Alte, den ich ihr gezeigt habe, immer noch auf der Autobahn herumliefe. »Er trägt seine weißen Handschuhe und berührt die Autos. Einige Fahrer versuchten, ihn umzufahren. Einer von ihnen war ein Soldat in einem Militärjeep. Aber alle blieben sie in dem Biskuit hängen. Bis zu diesem Augenblick gelang es keinem, ihn von der Straße zu bekommen. Der sechzigjährige Mann macht immer noch das Gleiche wie beim ersten Mal, Mama, er läuft zwischen den Autos hindurch und hüpft auf einem Bein. Er lässt ein Auto entwischen, weicht einem anderen aus, dreht sich um sich selbst. Sie versuchten es mit Betäubungspfeilen, doch er entkam ihnen allen. Auch die Warnschüsse nützten nichts. Schließlich wurde der Anblick des Alten normal. Die

Leute blieben noch nicht einmal mehr am Straßenrand stehen, um zu glotzen. Abgesehen von einigen Touristen, die Fotos von dem Alten schossen oder mit ihren Handys Videos aufnahmen. Heute stehen drei große Feuerwehrautos am Rand der Autobahn. Jedes Mal, wenn der Scheich ein Auto in ein Biskuit verwandelt, bespritzen die Feuerwehrleute es sofort mit Wasser, um es anzufeuchten und die Leute im Inneren zu retten. Denn das Biskuit, das ursprünglich aus dem Metall der Autos besteht, ist nicht wie diese Biskuits, wie sie in Bäckereien und Fabriken gebacken werden.« Dann fragt Mutter: »Findest du nicht, dass der alte Mann, der die Autos in Biskuits verwandelt, deinem Vater ähnelt?« Damit meint Mutter meinen Vater, von dem wir seit mehr als zwanzig Jahren keine Spur haben. Er hatte nach dem Krieg seine Koffer gepackt und behauptet, er verreise mit einer Sportdelegation. Mutter ging täglich zum Fenster und beschimpfte ihn, so laut sie konnte, bis sich die Nachbarn schließlich gestört fühlten und es mir peinlich wurde.

Jedes Wochenende fahren meine Frau und ich die Autobahn entlang und kommen an dem alten Mann vorbei. Mutter sitzt hinten. Dann kommt der Moment, in dem ich Mutter im Rückspiegel ansehe und flüstere: »Der Alte kommt jetzt auf uns zu, um unser Auto zu berühren.« Dann sagt meine Frau ganz automatisch: »Hey, Alter, bist du zufrieden?« Mutter scheint jetzt überzeugt davon zu sein, dass der Alte, immer wenn er das hört, gelähmt wird, sodass wir entkommen können.

Manchmal hält eine Polizeistreife neben uns auf der Autobahn, und einer von ihnen fragt, warum wir mitten auf der Straße angehalten hätten. Dann diskutieren meine Frau und ich. Ich erlaube nicht, irgendjemandem weitere Details dieser Geschichte preiszugeben. Außer Mutter, für die ich immer, wenn das Wochenende kommt, alles tue, sie glauben zu lassen, dass wir auf dem Weg in die Küche seien.

Der Träger

Ehrlich gesagt, ich habe keinen Humor, und ich verstehe auch nicht, warum Menschen lächeln. Mich sieht man meist finster dreinblicken. Beim Gehen blicke ich niemandem ins Gesicht und grüße niemanden. Das kommt daher, dass die Leute es nicht goutieren, von jemandem gegrüßt zu werden, der missmutig guckt. Man ist verpflichtet, jedes Mal zu lächeln, wenn man die Hand hebt oder mit dem Kopf nickt, um jemandem einen Gruß zuzuwerfen. Sei es morgens oder abends. Sogar wenn man jemanden in einer dunklen Gasse trifft. Das ist schon an und für sich stressig. Aber wenn man jemanden grüßt, ohne zu lächeln, dann wird der andere einem feindlich gesinnt sein, und ich versichere dir, dass er beim nächsten Mal seinen Kopf wegdrehen wird. Ich habe lange darüber nachgedacht. Wenn mich das Grüßen jedes Mal ein Lächeln kostet, zu dem ich eigentlich nicht wirklich in der Lage bin, dann ziehe ich es vor, nicht zu grüßen. Das heißt nicht, dass ich die Menschen nicht grüßen möchte. Absolut nicht. Ich bin nur nicht in der Lage zu lächeln. Finde eine Lösung für mich. Wenn ich jemanden mit gesenktem Kopf grüße, denkt er, ich respektiere ihn nicht genügend, oder mit mir sei irgendetwas nicht in Ordnung, oder ich müsse mich für etwas schämen, oder ich hätte eine Schlappe erlitten, oder mir sei ein Unglück zugestoßen. Und um all diese Peinlichkeiten zu vermeiden, die ich anderen verursachen könnte, blicke ich beim Gehen niemanden an. Hebe nicht einmal den Kopf.

Seit vierundvierzig Jahren halte ich es so. Seit meinem neunten Geburtstag. Als Kind hatte ich mich vor meinen Vater hingestellt und gesagt: »Ab heute werde ich niemanden mehr anlächeln.« Damals lachte mein Vater und nahm mich nicht ernst. Wenn dir ein neunjähriges Kind sagt, dass es ab jetzt nicht mehr lächeln wird, glaubst du ihm natürlich nicht. Niemand auf dieser Welt kann sich selbst komplett daran hindern zu lächeln. Selbst Menschen mit den schlimmsten psychischen Krankheiten lächeln manchmal. Verbrecher und Arbeitslose ebenso. Du glaubst, das Kind habe das einfach so dahergesagt. Aber so war es bei mir nicht.

Mein Vater erzählte es meiner Mutter, und die umarmte mich und sagte lustige Dinge, die ein Kind zum Lachen bringen. Doch ich lächelte nicht. Das war das erste Mal, dass ich meinen Entschluss, nicht zu lächeln, in die Tat umsetzte. Man kann es nicht wirklich einen Entschluss nennen. Sagen wir eher: eine Disposition. Es war das erste Mal, dass ich meiner Disposition des Nichtlächelns nachgab: in den Armen meiner Mutter.

Ich kann jetzt mit Fug und Recht behaupten, dass es ein guter Anfang war. Wenn man sich in den weichen Armen seiner Mutter des Lächelns enthält, ist das ein

Hinweis auf ein solches Selbstvertrauen, dass man geradezu prädestiniert dafür ist, der ganzen Welt nicht zuzulächeln. Ich hatte nicht die Absicht, meine Mutter zu kränken, oder meinen Vater, aber sie waren ziemlich geknickt und begannen zu streiten. Anfangs glaubte ich, dass mich ein Notarztwagen abholen würde, wenn ich lächelte. Es war nur ein Gefühl, ich hatte keine Erklärung dafür. Ich hatte einfach beschlossen, nicht mehr zu lächeln. Und wenn mich eines der Kinder nach dem Grund fragte, sagte ich: »Wenn ich lächele, kommt der Krankenwagen und nimmt mich mit.« Da brachen sie in Gelächter aus. Dann starb mein Vater. Und es dauerte nicht lange, da reihte sich auch schon der Name meiner Mutter in die Liste der Verstorbenen ein.

Meine Eltern starben, ohne mich noch einmal lächeln gesehen zu haben. Ich war gerade in der Pubertät. Ich erinnere mich, dass meine Mutter mich auf dem Sterbebett anflehte. »Lass mich dein Lächeln sehen!«, sagte sie, als sie ihre letzten Atemzüge tat. Doch das wäre das Letzte gewesen, was hätte passieren können. Gerade in diesem Augenblick hätte ich nicht lächeln können. Es stimmt, dass ich es gar nicht erst versuchte, weil ich unter solchen Umständen sowieso nicht dazu in der Lage gewesen wäre. Ich war mir absolut bewusst, dass das ganz unmöglich war. Am liebsten hätte ich mir ein Lächeln vom Gesicht eines Nachbarn ausgeliehen. Ich würde an seine Tür klopfen, und wenn er mir lächelnd öffnete, würde ich mir das Lächeln von seinem Gesicht schnappen, mir aufkleben und zu meiner Mutter zurückkehren. Was soll ich sagen? Ich fühlte mich nicht dazu imstande und begann zu schluchzen. Sogleich eilten die Nachbarn herbei. Etwa zwanzig Leute versammelten sich im Zimmer um das Bett herum. Sie begannen, Gebete zu murmeln, die es der Seele meiner Mutter erleichtern sollten, sie zu verlassen. Meine Mutter aber kümmerte sich nicht um sie, sondern nahm ihre letzten Kräfte zusammen und versuchte zu sagen: »Ich bitte dich. Nur ein Lächeln.« Aber es gelang mir nicht. Mein Gesicht war trocken wie ein altes Marmeladenbrot. Da mein Problem allgemein bekannt war, beeilten sich die Nachbarn, mir zu helfen. Sie hielten augenblicklich im Beten inne und begannen, alle möglichen Witze zu erzählen. Dutzende Witze hagelten auf mich ein, einer nach dem anderen, und einige von ihnen waren richtig schmutzig. Auf diese Weise versuchten sie, ein Lächeln auf mein Gesicht zu zaubern. Ich überlasse es dir, dir diesen Anblick vorzustellen: meine Mutter auf dem Sterbebett, die mich um ein Lächeln bittet, und die Nachbarn, die Witze erzählen, während ich unfähig bin zu lächeln. Einige Minuten später starb meine Mutter. Ich zankte mich mit den Nachbarn und warf sie aus dem Zimmer; ich konnte mich nicht mehr beherrschen und benahm mich wie ein Verrückter.

Ein paar Tage später suchte ich einen Psychiater auf. Er machte sich etliche Notizen und verschrieb mir eine Medizin. Nach einigen Sitzungen schickte er mich mit den Worten nach Hause, er werde sich bei mir melden.

Ich ging heim. Doch bis heute hat der Arzt nicht angerufen; ich habe nie wieder etwas von ihm gehört. Das alles ist lange her. An viele Details kann ich mich nicht mehr erinnern. Heute habe ich das Gefühl, meiner Mutter ein Lächeln zu schulden. Ich werde das nie mehr gutmachen können.

Seit dem Tod meiner Mutter ist viel Zeit vergangen, und ich lebe noch immer in derselben Wohnung. Und obwohl ich nicht lächle, habe ich nicht das Gefühl, mich von anderen Menschen zu unterscheiden. Nur dass mein Bedürfnis zu lächeln oder zu lachen, wie es Medizin und Yoga raten, vollkommen verschwunden ist. Meine Nachbarn haben sich seit Jahren an diesen Mann gewöhnt, der weder lächelt noch jemanden grüßt. Und jetzt beuge ich mich beim Gehen so stark nach vorn, dass es sogar den Tieren auffällt.

Ich habe euch nicht erzählt, warum der Psychiater mich wohl seiner Praxis verwiesen hatte. Als er das Stethoskop gegen meine Brust presste, hatte er keinen Herzschlag wahrgenommen, sondern nur ein »Ha, ha, ha …«.

»Verarschst du mich?«, hatte er erregt gefragt. Wir stritten. Und so weiter. Schließlich ging ich nach Hause und dachte über die Sache nach. Und er rief nie wieder an.

Im Laufe der Zeit und mit fortschreitendem Alter wurde mein Rücken so dick wie der eines alten Nashorns. Ich war nur noch hüfthoch. Ich sah etwa so aus: ⌐. Wenn ich während des Gehens auf den Boden blickte, machte ich immer den Eindruck, als hätte man mich ausgeschimpft. Aber so war es in Wahrheit nicht. Und ihr werdet nicht glauben, was ich euch jetzt sage: Mein Rücken wurde so hart wie eine Steinplatte. Und sie dehnte sich aus. So fand ich unwillkürlich eine neue Arbeit: Ich wurde zum Geburtstagsträger. Ich stehe an einem Ort und trage die Geburtstagspartys der Kinder. Manchmal dauern die Sitzungen drei Stunden, manchmal vier. Eigentlich kann man sie nicht Sitzung nennen. Ich stehe ja. Ich komme pünktlich zum vereinbarten Termin, und kaum bin ich da, ist mein Rücken voller Kinder. Sie steigen jubelnd auf, und dann feiert das Kind mit Gästen, Mutter, Vater und Geschwistern seinen Geburtstag. Ich aber sehe nichts. Ich höre nur ihre Stimmen von oben herunterschallen. Und ihr Lachen. Während ich auf den Boden blicke. Ich bin wie ein Regalbrett, das sich bewegt. Oder eine Bühne. Würde man mich fragen, würde ich den Ausdruck Regalbrett bevorzugen. Bühne wäre eine Übertreibung. Wo immer die Angehörigen des Kindes seinen Geburtstag feiern wollen, komme ich hin.

Du siehst mich vielleicht in einem Park stehen oder am Strand oder möglicherweise sogar in der Turnhalle einer Schule. Mein Anblick ruft Erstaunen hervor. Manchmal strömen Menschen herbei und glotzen und machen Fotos. Aber das kümmert mich nicht, denn ich erhalte einen angemessenen Lohn. Wenn alle fortgegangen sind, kehre ich nach Hause zurück. Ich habe nur ein Problem, und das hängt mit dem Waschen meines

Rückens zusammen. Mein Rücken, der so dick ist wie Beton und den ich nackt benutze. Ihr wisst, dass Kindergeburtstage viel Dreck hinterlassen. Ich muss meinen Rücken richtig waschen. Aber die Nachbarn helfen mir. Sie bringen mich zur Garage und bespritzen mich mit dem dünnen Wasserschlauch. Mein mächtiger Körper bringt sie nicht in Verlegenheit. Sie sind nett. Sie respektieren meine Gefühle und versuchen nicht, zu lächeln oder Witze zu machen oder lustige Anekdoten zu erzählen, während sie mich waschen. Aber später, wenn ich zu Hause bin, höre ich, wie sie sich kaputtlachen. Vermutlich machen sie sich über mich lustig.

Eigentlich müssten mich die begeisterten Stimmen der Kinder glücklich machen und in mir den Wunsch wecken, zu lächeln. Aber das passiert nicht. Sogar wenn ein Kind eine Süßigkeit herunterreicht, bevor es wieder auf meinen Rücken klettert, lächele ich nicht. Es ist nicht meine Absicht, nicht zu lächeln. Ich bin einfach so. Ich bedanke mich, aber das Kind glaubt, ich freute mich nicht über seinen Geburtstag. Denn ich sehe mürrisch aus.

Ich möchte behaupten, dass es einen Unterschied zwischen Mürrischsein und nicht lächeln gibt. Aber wie kann man ein Kind davon überzeugen? Jedes Kind, dem man an seinem Geburtstag nicht zulächelt, wird verlegen. Dann wird seine Mutter mit ihm schimpfen. Also muss ich mich sehr darum bemühen, das Kind davon zu überzeugen, dass ich nicht verstimmt bin und dass es die Sache nicht persönlich nehmen soll. Wenn ich das nicht tue, bekomme ich meinen Lohn nicht. »Ich bin nicht mürrisch«, sage ich, und das Kind antwortet von oben: »Wenn du nicht mürrisch bist, warum lächelst du dann nicht, Onkel?«

»Ich weiß einfach nicht, wie man lächelt«, antworte ich.

Es dauert dann nicht lange, und die anderen Kinder mischen sich ein, bewerfen mich von oben mit Kuchen und versuchen, mein Gesicht zu treffen, und damit endet die Party.

So geschah es bei mehr als vier Geburtstagsfeiern, und das reichte mir, um meinen Beruf zu ändern. Ich erinnere mich, dass ich einmal zu den Kindern sagte: »Wenn ich lache, beginnt mein ganzer Körper zu zittern. Dann fällt die ganze Party herunter und ihr mit ihr.« Als Reaktion krallten sie sich mit ihren kleinen, verflucht scharfen Fingernägeln an meinen Rücken und verlangten von mir zu lächeln. Das tat sehr weh. Eines der Kinder sagte: »Lächele doch, wir fallen nicht runter!« Aber natürlich lächelte ich nicht. Auch wenn es nicht zu Missverständnissen mit den Kindern gekommen wäre, musste ich unbedingt aufhören, die Geburtstagspartys zu tragen, denn mein Rücken war so stark nach vorn gebeugt, dass er nicht mehr horizontal war. Bei mehreren Gelegenheiten musste ich weglaufen und mich vor den Tauben verstecken, die sich immer als Schutz vor dem Regen bei mir unterstellen wollten. Auch scharten sich alte Obdachlose um mich, während ich in den Gassen pinkelte, und begannen, mich unter die Lupe zu nehmen, weil sie glaubten, ich sei eine Rutschbahn. Einige versuchten sogar, auf mich zu steigen. Ich rührte mich erst, nachdem ich fertig mit Pinkeln war, und dann ging ich ganz langsam und behutsam weiter. Und was haben sie gemacht? Sie haben natürlich gelacht. Ich begreife nicht, aus welchem Grund ein Alter ans Rutschen denkt. Diese Vorstellung als solche bereitete mir schlaflose Nächte. Ich war gekränkt, und so lauerte ich am nächsten Tag einem alten Obdachlosen auf und stürzte mich auf ihn.

Der Arme bekam es mit der Angst zu tun. Er machte sich sogar in die Hose. Er besaß nichts, womit er sich hätte verteidigen können, außer einer Halbliterbüchse Bier. Damit bespritzte er mich und krakeelte. Die Vorstellung, von einer Rutsche angegriffen zu werden, flößte ihm Angst ein. Ich zog ihn gewaltsam zur Garage und spritzte ihm mit dem dünnen Schlauch, mit dem die Nachbarn normalerweise mich waschen, die Pisse ab. Mit demselben Schlauch. Meine Nachbarn sind Schufte. Ich weiß das. Das ist mein endgültiges Urteil über sie. Ich ziehe zurück, was ich früher über sie gesagt habe. Ich habe euch nicht erzählt, dass sie untereinander Wetten abschließen, wer von ihnen mich zum Lachen bringen kann, während sie mich waschen. Sie stoßen mir sanft in die Hüften, als wäre ich ihre stumme Hure. Sie wollen, dass ich lache, ohne zu bemerken, dass sie mich kitzeln.

Einer dieser Nachbarn schaute gerade aus dem Fenster seines Zimmers, als ich den Obdachlosen wusch, und rief mir zu: »Kitzele ihn, damit er lacht.« Ich wusste nicht, was ich antworten sollte, denn jede Antwort von mir hätte barsch gewirkt. Der Schuft blieb auf dem Balkon stehen und lachte, bis er plötzlich wieder hineinging. Der Alte zwischen meinen Händen aber zitterte die ganze Zeit, während ich ihn wusch. Er war einer der wenigen, die unter einer Brücke wohnten, die im Krieg einen schlechten Ruf hatte. Ununterbrochen zitternd, fragte er mich: »Bist du Azrael?« »Glaubst du etwa, Azrael würde dich in einer Garage mit einem Wasserschlauch abspritzen, bevor er deine Seele holt?« Da begann er zu lachen. Es gefiel mir nicht, dass er lachte, denn ich hatte nicht beabsichtigt, einen Witz zu machen. Ich habe überhaupt keinen Humor, und ich habe auch nicht vor, mich darin zu üben. Und ich möchte keine Witze erfinden können. Deshalb sagte ich: »Ich bin tatsächlich Azrael. Und bevor ich deine Seele hole, musst du mir erklären, was einen Alten dazu veranlasst, auf einer Rutsche rutschen zu wollen.« Dann hielt ich den Wasserschlauch senkrecht, verstopfte das Loch mit meinem Daumen und forderte ihn auf zu antworten, »bevor der Wasserschwall, den ich in die Luft spritzen werde, niedergeht«. Aber der Alte antwortete nicht. Warum? Weil sein Herz stehenblieb. Bevor der Wasserschwall den Boden erreichte, hatte der Alte in der Garage seinen letzten Atemzug getan. Der richtige Azrael musste sich wohl in der Nähe befunden haben. Ich verheimliche euch nicht, dass ich mich zu fürchten begann. Ich hatte früher noch nie die Gelegenheit gehabt, jemanden zu töten, und wusste nicht, wie ich mich danach verhalten sollte. Ich wollte die Leiche des Alten augenblicklich wieder zur Brücke schaffen, aber ich wurde von Polizisten umstellt. Logisch! Wenn du verunsichert bist, nehmen deine Nachbarn, diese Schufte, die Chance wahr, dich zu verleumden. Aber weil der Alte keine Ausweispapiere besaß, ließen sie mich vorerst wieder laufen. Das ist alles. Ich möchte eine Bemerkung hinzufügen. Nämlich dass sich mein Leben vollkommen verändert hat. Ich lebe jetzt ganz anders. Alle zollen mir Respekt, auch die schuftigen Nachbarn. Und selbst wenn sie mich wieder ins Gefängnis stecken würden, würde ich unter den übelsten Verbrechern mit dem schlimmsten Ruf überleben können. Denn obwohl ich mein ganzes Leben lang nicht lächeln konnte, weiß ich jetzt, dass ich einen Menschen mit einem Witz töten kann.

Andrer-Leute-Träume-Syndrom

Wenn Hussam träumt, ist er nicht die Hauptperson in seinem Traum. Er ist vielleicht sogar überhaupt keine Person. Jedes Mal kommt er sich vor, als hätte man ihm eine neue Seele und ein neues Leben gegeben, aber in einem vollkommen belanglosen Kontext. »Warum passiert das mit mir?«, fragt er mich, und ich bezahle die Kaution für seine Freilassung aus dem Gefängnis.

Kaum schließt er die Augen, sieht er, wie er seine Persönlichkeit im Umkleidezimmer der Träume anderer wechselt. Dann wird er gerufen, um seinen Platz in einem Traum einzunehmen. Sein Name ändert sich von Traum zu Traum. Je nachdem, was er tut. In vielen Fällen hat er überhaupt keinen Namen. Und weil er in den Träumen, in denen er sich wiederfindet, so irrelevant ist, richtet niemand das Wort an ihn. Kaum hört Hussam einen von der Traumcrew rufen: »Reich mal den Spitzer rüber« oder »Wo ist der Hund?« oder »Gib dem Helden den Aschenbecher«, macht er sich bereit, denn das ist Hussam: der Spitzer, der Hund oder der Aschenbecher. Er war niemals der Held. Außer wenn wir annehmen, dass ein Spitzer, ein Hund oder ein

Aschenbecher in irgendeinem Traum die Rolle des Helden übernimmt.

Meistens beginnen seine Filme auf die gleiche Art und Weise: in einem Umkleideraum. »Es ist laut dort. Es ist, als würden sie den Traum filmen, es ist wie im Film«, sagt er. »Jeder Traum hat einen Programmierer, einen Regisseur, könnte man sagen. Er sitzt immer auf seinem Stuhl, und ich sehe ihn niemals etwas tun. Sein Exklusivrecht ist es, den Traum zu überwachen, das ist sein Privileg, weil er derjenige ist, der träumt. Man sieht ihn seinen Hund streicheln oder sich die Eier kratzen oder auf schmutzige Art ein Mädchen küssen, das jemand anders werden möchte. Und gleichzeitig hält er ein Militärfernglas und verfolgt den Verlauf des Traums.« Einmal sah Hussam sich sogar selbst im Traum als das Mädchen, das vom Regisseur geküsst wird. Er sagte, er sei pikiert gewesen, aber er habe den Mann geküsst, ja, er habe ihm sogar erlaubt, ihm den Hintern zu tätscheln. Nachdem ich ihm bei meiner Ehre versprochen hatte, niemandem davon zu erzählen, flüsterte er: »Ich war im Traum ein Mädchen. Stell dir vor! Hast du jemals geträumt, ein Mädchen zu sein? Ich schon. Am ärgerlichsten war, dass ich ein Mädchen war, das unbedingt ein Star sein wollte. Ein wannabe-Mädchen. Aber wenn es nur darum gegangen wäre, ein wannabe-Mädchen zu sein, das wäre ja nicht so schlimm.« Hinzu kommt noch, dass der ganze Traum wiederholt werden muss, wenn irgendjemand des Traumpersonals einen Fehler begeht. Das passiert aber nicht in derselben Nacht, sondern in der nächsten, und ohne dass Hussam darüber Bescheid weiß. »Das ist Betrug, findest du nicht? Zu schlafen und sich immer wieder in demselben Traum wiederzufinden, ist Betrug«, sagte er zu mir.

Einmal sah er sich sechs Tage lang auf einer Bahre im Krankenhaus liegen. Mit geringfügigen Abweichungen in Details. Die Wanduhr hing nicht exakt an derselben Stelle, der Vorhang hatte eine andere Länge, oder die Geräuschkulisse unterschied sich. »Es war schrecklich. Schwestern schoben mich durch den Korridor, aber ich wusste nicht, wohin. Ich wusste noch nicht einmal, ob es runter in den Kühlschrank ging oder Richtung Intensivstation. Die Anzahl der Krankenschwestern um mich herum ließ mich vermuten, dass ich mich in einer ziemlich misslichen Lage befand.« Trotzdem war Hussam nicht die Hauptperson in diesem Traum. Denn die Bahre kam jedes Mal an einem Mann vorbei, der »Nein … nein … nein …« schrie. Obwohl er nichts anderes schrie als »nein«, war er der Protagonist.

»Sein Geschrei war nervend und hässlich zugleich. Ich versuchte sogar – unabhängig davon, wie sehr er litt –, ihm meinen Mittelfinger ins Gesicht zu strecken, aber das war offenbar nicht erlaubt. Ich versuchte aufzuwachen, konnte aber nicht. Er war das Zentrum des Traums. Ich war nur Teil der Dekoration. Passiert es dir nicht auch, dass du im Traum Menschen siehst, die weit entfernt sind? Im Hintergrund? Ich bin immer im Hintergrund der Träume anderer.« Und weil der Träumende einen supertollen, dramatischen Traum wollte, und deshalb, wie es schien, mit seinem Traum nicht zufrieden war, wiederholte er ihn sechs Tage hintereinander in seinem Kopf.

»Mein Gott! Das ist ja wie bei Gerichtsverhandlungen!«, spottete ich. Er antwortete, dass ihn das nicht kümmere, Verhandlung hin oder her, er müsse dem Ganzen ein Ende setzen. »Warum diese Spielchen? Ich habe niemandem etwas zuleide getan.«

»Sicher. Nicht bevor du damit begonnen hast, dich in den Träumen anderer zu sehen«, sagte ich.

Hussams Protest ist gerechtfertigt. Er ist normalerweise ein sehr höflicher Mensch. Höflichkeit ist für ihn eine Entscheidung. Ein Schutz, wie ein Schneckenhaus. Die beste Form, um Menschen zu meiden und nur oberflächlich mit ihnen zu tun zu haben. »Dann kannst du dich von ihnen abschotten, wann immer du willst, ohne sie zu verletzen.« Das ist seine Philosophie.

Er lebte in einem kleinen Zimmer. Allein. Die Dusche teilte er sich mit anderen Nachbarn, sie lag außerhalb seines Zimmers. Er duschte erst, wenn er sicher war, dass alle vor ihm geduscht hatten. Manchmal wartete er sogar bis spät in die Nacht hinein. Und er hatte nur einen Freund, und das war ich. Und ich mochte seine Höflichkeit.

In einem der Träume fand er sich in einer Liebesbeziehung mit einem Mädchen wieder. Ich weiß nicht, ob seine Höflichkeit etwas damit zu tun hatte. »Wir haben die Beziehung ganz spontan angefangen. Das kannst du dir gar nicht vorstellen. Innerhalb von Minuten wurden wir zu einem Liebespaar. Ich ertappte mich dabei, wie ich sie in ihrem Auto küsste. Auf der Autobahn. Sie saß am Steuer. Aber ein alter Mann fuhr an uns vorbei und begann zu schimpfen und schmutzige Gesten zu machen. Dann startete er durch und überholte uns. Einige Minuten später befanden wir uns in einem Stau und fingen an, uns wie die Irren zu küssen. Die Fahrer ringsum starrten uns an. Wir scherten uns um niemanden. Ich knetete sogar ihre linke Brust. Aber den unheilvollen Alten sahen wir neben einem Verkehrspolizisten stehen. Er hatte uns verpetzt, und nun suchte man uns, weil wir den öffentlichen Anstand verletzt hatten. Als wir näher kamen, zeigte er auf uns und begann zu zetern. Der Polizist stoppte uns und hielt uns eine Predigt, als sei er ein Mönch und kein Polizist. Ich senkte vor Scham den Kopf, und das Mädchen fing an zu weinen.« Am nächsten Morgen, gleich nachdem Hussam aufgestanden war, hatte er immer noch Schuldgefühle. Er zog sich an und ging schnurstracks zu einem Blumenladen und kaufte einen Strauß. Dann dachte er sich einen Satz aus, mit dem er sich bei der jungen Frau entschuldigen wollte. Er sah sie jeden Tag. Sie wohnte in der Nähe des Reisebüros, in dem er arbeitet. Was ihm an ihr aufgefallen war, waren die weißen Gummistiefel, die sie trug.

Auch der Blumenstrauß in seiner Hand war weiß. »Ganz bestimmt liebt sie Weiß«, sagte er.

Vielleicht steckt sie sich sogar eine weiße Blume in ihren Stiefel. Das wird *original* sein.

Hussam ging zu ihr, reichte ihr den Strauß und sagte: »Ich entschuldige mich.« Die junge Frau wunderte sich, oder tat zumindest so. Und als sie sich nach dem Grund für seine Entschuldigung erkundigte, fragte er sie: »Hast du nicht letzte Nacht von mir geträumt?«

»Bitte? Warum sollte ich von Ihnen träumen? Kenne ich Sie?«

»Nein, aber du hast von mir geträumt«, antwortete er. Dabei überschlug sich seine Stimme.

Er war sehr aufgeregt. Passanten versammelten sich um die beiden. Wie bei der versteckten Kamera. Die Leute suchten auf den umliegenden Gebäuden nach der Kamera und lächelten. Und Hussam sagte: »Diese Frau hat letzte Nacht von mir geträumt. Ich bin ganz sicher. Fragt sie! Das ist erst ein paar Stunden her. Und jetzt distanziert sie sich von mir. Was für ein Unsinn!« Aber die junge Frau hatte die Wahrheit gesagt, sie kannte ihn wirklich nicht.

»Lügnerin, Lügnerin«, begann er zu brüllen, dann schleuderte er die Blumen auf den Boden und trampelte darauf herum.

»Sollen deine Blumen doch in der Hölle brennen«, rief er.

Er landete auf der Polizeiwache und verlor beinahe seine Arbeit.

Ich stimme vollkommen zu, dass nicht Hussam für seine Probleme verantwortlich ist, sondern die Träume der anderen. Was ihn am meisten ärgerte, war, dass er in den Träumen der anderen nicht immer in seiner normalen menschlichen Gestalt auftauchte. Sie machten ihn wütend in ihren Träumen. Einmal sah er sich als Käfig. Aber das war nicht das Problem, sondern der Inhalt des Käfigs. »Ein Affe. Da saß ein Affe drin. Ein verlauster stinkender Affe. Du weißt, wie abscheulich Affen sind. Ihr nackter Arsch ist eklig. Stell dir vor, du wärst an meiner Stelle gewesen. Ein Käfig zu sein, heißt, dass es kein Entkommen gibt. Du bist dazu verurteilt, den Affenarsch zu sehen, egal in welcher Position der Affe sich gerade befindet.«

Manchmal träumte er, er sei ein dringendes menschliches Bedürfnis. Ich erinnere mich, wie er mir einmal erzählte, dass er sich im Schlaf als Brille gesehen habe, die an einem Ast hing. Die Brille gehörte einem kleinen Jungen, der unter dem Ast weinte. Der kleine Junge war die Hauptfigur, weil er auf dem Stuhl des Traumprogrammierers saß. Aber er tat nichts. Er war ein fauler Junge. Äußerst faul. Denn der Ast hing nicht allzu hoch. »Was war es, worauf er wartete? Dass es ein Erdbeben gibt, damit die Brille herunterfällt und die Situation rettet?«

Sein absolut schlimmster Traum war, als er sich als Hundescheißhaufen auf dem Bürgersteig sah. Er war nicht in der Lage, etwas zu tun. »Ich konnte weder von meinem Platz hüpfen noch wegkriechen. Ich klebte fest am Boden. Und ich schwitzte. Ich war wahrscheinlich ein frischer Scheißhaufen. Ein Haufen, der gerade herausgeplumpst war. Aber ich konnte keinen Hund in der Nähe sehen. Ich glaubte, ich würde niemals aus diesem Traum herauskommen, sondern den Rest meines Lebens in Form eines Hundehaufens auf dem Bürgersteig verbringen. Einige Minuten später brach der Krieg aus. Es war ein grausamer Krieg, in dem RPGs und Degtjarjows benutzt wurden. Es kam zu einer Invasion, und Bewaffnete schwärmten aus.«

Auf dem Höhepunkt seiner Suche nach dem Traumprogrammierer, der niemals auftauchte, sah Hussam plötzlich einen Militärstiefel über sich: Er blieb an der Sohle kleben, hob sich vom Bürgersteig. »Mann, stell dir vor, du bist der Scheißhaufen, der am Stiefel eines Bewaffneten hängen bleibt, während etwas vor sich geht, was wie ein Angriff aussieht! Und während seine Kameraden planmäßig vorrücken, bleibt der Bewaffnete stehen und versucht, dich von seinem Stiefel zu kriegen, weil er sich wegen deines Gestanks nicht mehr konzentrieren kann. Er streift dich am Bürgersteig ab, dann verflucht er die Gedärme, die dich abgesetzt haben, und kurz darauf stellt er fest: Er gibt ein Ziel ab. Niemand deckt ihn, die Kameraden haben ihren Vormarsch fortgesetzt. Entweder wegen des furchtbaren Gestanks oder aus strategischen Gründen, die mit der geschätzten Dauer des Angriffs zu tun haben. Dann beginnt er zu schießen, um sich zu schützen. Er schrappt seine Schuhsohle über den Boden, um die Scheiße loszuwerden, und gleichzeitig schießt er. Natürlich planlos. Er bekommt eine Kugel ab, eine zweite. Ins Bein, dann in die Hüfte. Blut fließt, nässt seine Uniformhose, erreicht den Stiefel und berührt schließlich mich. Und wegen dem Blut falle ich vom Stiefel. Besudelt vom Blut dieses Bewaffneten.«

Nicht alle seine Träume waren schrecklich. Einmal sah er sich als Kuss. Aber Hussam war nicht die Lippe, die die Küsse erwiderte. »Ich war der Kuss selbst. Ich weiß nicht, wie ich das erklären soll. Ich war nur ein Gefühl im Traum.«

Diejenigen, die die Aufgabe des Programmierens in seinen Träumen übernommen hatten, waren niemand anders als Hussams Nachbarn, und manchmal sogar Familienmitglieder. Selbst seine frühere Frau.

Ich sprach mit einigen von ihnen in der Polizeistation oder im Krankenhaus. Sie bestätigten mir verwundert, dass das, was Hussam bezüglich ihrer Träume erzählte, hundertprozentig stimme. Manche hatten sogar bei Gericht gegen Hussam geklagt, weil es nicht angehe, dass Hussam sie für ihre Träume verantwortlich mache.

Hussam konnte nichts tun, als darauf zu warten, dass sein Gastgeber aufwachte. Dass er seine Augen öffnete. Dann erwachte auch Hussam, schlug erregt die Decke zurück und beschimpfte die Person, in deren Traum er sich wiedergefunden hatte. Er zog seinen Bademantel an, schlüpfte in seine Schlappen und ging zu seinem Nachbarn. Mit seinem schlechten Atem und sogar ohne sich die Haare gekämmt zu haben. Er klopfte an die Tür. Der Nachbar war überrascht, und sofort stellte

Hussam ihm die Frage: »Können Sie mir sagen, wovon Sie letzte Nacht geträumt haben?«

Hussam stand keinem seiner Nachbarn nahe. Seine Beziehungen zu ihnen waren rein formeller Natur, und deshalb war es höchst ungewöhnlich, dass er sie unumwunden nach ihren Träumen fragte, obwohl er noch nie ein Gespräch mit ihnen geführt hatte. Sie sprachen nicht über ihre Träume, deshalb erzählte Hussam ihnen den Traum. Sie waren in höchstem Maße erstaunt, und da begann Hussam, auf sie einzuschlagen und zu rufen: »Das ist gegen die Privatsphäre, das ist gegen die Privatsphäre!« Manchmal nahm er sich einen Tag Urlaub und setzte sich in den Bus, um eine Rechnung mit einem Träumenden zu begleichen.

Er suchte mit allen Mitteln und Wegen, die Träume der anderen loszuwerden. Aber nichts half. Er meldete sich sogar im Schießklub an, in der Hoffnung, er könne seine neu erworbenen Fähigkeiten in die Träume der anderen mitnehmen und sie aus Versehen töten. »Fehler passieren, sogar in Träumen, nicht wahr?«, sagte er.

Und obwohl er noch keinen Waffenschein hatte, gelang es ihm, sich eine Pistole zu besorgen, einen »Colt«. Den nahm er überallhin mit. In den Supermarkt oder zur Arbeit. Er steckte ihn sich sogar hinter den Rücken, wenn er schlief, und hoffte, dass er mit ihm in den Traum hinübergehe. »Schläfst du mit der Pistole an der Hüfte?«, fragte ich ihn. Als er »Ja« sagte, war ich entsetzt. Ich fürchtete, er würde sie gegen einen von jenen, von denen er träumte, einsetzen.

Wenn es ihm nicht gelang, zu erfahren, wer derjenige war, in dessen Traum er sich gesehen hatte, rief er mich aufgeregt an. Wie wenn wir im Traum Menschen sehen, die wir nicht kennen. Dann begann er, allen zu misstrauen. Einschließlich mir. »Warum sollte der Träumende nicht einer sein, den ich kenne? Du vielleicht?«

»Ich?«, fragte ich in Panik und starrte auf seine silbern glänzende Pistole. »Ganz bestimmt nicht. Glaub mir. Ehrlich. Ich habe dich noch nie im Traum gesehen. Was ist los mit dir? Sind wir nicht enge Freunde?«

In seinem Zimmer sieht man Phantomzeichnungen von Leuten, die von Hussam geträumt haben und die er noch nie in seinem Leben gesehen hat. Er war von der Idee besessen, sie zu verfolgen, selbst wenn ihn das den Rest seines Lebens kosten würde. »Warum arbeiten Menschen, die dich nicht kennen und dich in ihrem ganzen Leben noch nie gesehen haben, dich in ihre Träume ein? Was wollen sie von dir?«, sagte er.

Sein mentaler Zustand verschlechterte sich, und ich konnte nichts tun, um ihm zu helfen. Die Sache beunruhigte mich, ich bekam Angst vor ihm. Was wäre, wenn Hussam in der Rolle irgendeines banalen Dings in einem meiner Träume auftauchte, ohne dass ich in der Lage wäre, das zu erkennen? Ich wusste, dass er auf mich setzte, dass ich ihm die Hauptrolle in irgendeinem meiner Träume übertrug. Wenigstens in einem einzigen. Aber er gab es mir gegenüber niemals zu. Denn trotz allem, was mit ihm geschah, bewahrte Hussam seinen Stolz. War das vielleicht der Grund, warum er sich so darüber ärgerte, dass Menschen sich ihm während seines Schlafs aufdrängten?

Aber ich hatte schon genug Probleme, die mir täglich über dem Kopf zusammenschlugen, als steckte er in einem Eimer voller Öl. Wenn ich mich nicht an meine Träume erinnerte, vermied ich es, ihn zu sehen oder sogar anzurufen. Ich wollte kein Risiko eingehen. Was wäre, wenn ich von ihm geträumt hätte und mich nicht daran erinnerte? Und wenn ich etwas im Traum beschädigt hatte, fürchtete ich, dass dieses Etwas womöglich Hussam gewesen war. Ich war gestresst, und er fragte enthusiastisch: »Sag mal, bist du auch vom Andrer-Leute-Träume-Syndrom befallen?« »Nein, noch nicht«, sagte ich.

Dann kam das Ende. Er sah sich im Traum des behinderten Nachbarssohns. Dieser einzige Sohn eines alten Ehepaars hatte einen Verstand, der sich seit seinem dritten Lebensjahr nicht weiterentwickelt hatte. Deshalb war er zwar ein erwachsener Mann, aber mit dem Verstand eines Kleinkindes. Seine Eltern aber alterten. Hussam hätte sich niemals vorstellen können, sich im Traum dieses jungen Mannes wiederzufinden, aber genau das geschah.

Der junge Mann saß auf dem Stuhl des Traumregisseurs und gab Anweisungen, von denen Hussam kein Wort verstand. Aber er erlaubte Hussam, seine Pistole bei sich zu tragen. Er sah, wie Hussam seine Ex-Frau verfolgte. Seine Frau hatte keine Kinder bekommen. Hussam schoss auf sie, traf sie aber nicht, doch was passierte, war, dass eine Kugel aus Versehen den behinderten Nachbarssohn in die Hüfte traf. Hussam wachte in Panik auf und rief mich auf der Stelle an. »Ich habe auf den Behinderten von nebenan geschossen und ihn zu Boden gestreckt. Er ist tot, aber das war ein Versehen«, sagte er. Er redete, als wäre die Sache tatsächlich in der Realität geschehen. Ich beruhigte ihn und verabredete mich mit ihm auf einen Kaffee. Ich wartete im Café auf ihn, aber Hussam kam nicht. Er verspätete sich etwa dreißig Minuten. Es war nicht seine Art, zu spät zu kommen. Nach jedem schlechten Traum fand ich ihn meist schon vor mir angespannt im Café sitzen. Als er endlich eintraf, war er so gelb im Gesicht, als hätte jemand seine Blase über ihm entleert. »Was gibt es?«, fragte ich ihn, als wäre er ein verwöhntes Kind. »Der Nachbarssohn ist wirklich gestorben. Ich habe seine alten Eltern klagen gehört. Er war mit schrecklichen Nierenschmerzen erwacht, er stöhnte furchtbar, und die beiden langsamen Alten konnten nichts für ihn tun. Er ist ganz schnell gestorben. Er ist gestorben, weil ich auf ihn geschossen habe. Die Kugel ist im Traum in seiner Hüfte stecken geblieben«, sagte er. Ich versuchte, ihn davon zu überzeugen, dass das unmöglich sei. Eine Kugel, die er im Traum abgefeuert hatte, konnte unmöglich zum Tod des jungen Mannes geführt haben. Dann stellte er sich auf der Polizeiwache. Doch die Polizisten nahmen seine Aussage nicht ernst. Stattdessen überwiesen sie ihn an ein Krankenhaus, das auf psychische und Nervenkrankheiten spezialisiert war. Und ich musste ihn begleiten und die Einweisungspapiere und die Unterlagen bezüglich der Dauer der Behandlung unterschreiben.

Hussam hegte gegenüber niemandem mehr freundschaftliche Gefühle und verlor die wenigen Gramm, die sein soziales Empfinden ausgemacht hatten. Im Krankenhaus allerdings freundete er sich mit den Verrückten an. Sie scharten sich stets um ihn, und er klagte nicht mehr über diese Traumgeschichte. Im Gegenteil, die Träume der psychisch Kranken gefielen ihm. Irgendwann bat er mich darum, ihm seinen Colt ins Krankenhaus zu schmuggeln. »Unmöglich. Willst du ein Verbrechen begehen?«, sagte ich.

»Nein. Ich träume seit ein paar Tagen von mir selbst. Von mir! Ich sehe mich als Kind, als kleines Kind, das von mir träumt. Verstehst du, was ich meine? Ich bin im Traum zwei Personen. Das Kind, das ich früher war, und der erwachsene Mann, der jetzt mit dir spricht. Ich weiß nicht, wer der Komparse im Leben des anderen ist, der Erwachsene oder das Kind. Sicher aber ist, dass es das Kind ist, das träumt, und nicht ich.«

»Und was willst du mit der Pistole?«, fragte ich.

»Ich schieße auf das Kind, um es zu töten. Wie ich es mit dem Sohn der beiden Alten gemacht habe. Und wenn das Kind stirbt, wird es nicht aufwachen, was bedeutet, dass ich nicht aus dem Traum herauskomme. Ich werde im Traum seine Beerdigung überwachen.«

»Es reicht, Hussam. Hör auf. Du musst aus diesem Teufelskreis rauskommen, oder wie immer du es nennen willst. Meinst du etwa, dass ich dir glaube? Ich habe genug. Ich bin auch mit Dingen beschäftigt, und das sind beileibe keine Träume. Sondern die Realität, Streitigkeiten, Gläubiger. Wenn es so weitergeht, muss ich noch meine Finger verpfänden.« Das war das Letzte, was ich zu ihm sagte. Hussam schien erleichtert. Ich verließ das Krankenhaus und hörte ihn lachen. Er hatte verstanden.

Hussam träumte weiter von sich selbst und von dem Kind, das er gewesen war. Und ich schmuggelte ihm seinen Colt nicht hinein. Hussam benutzte im Traum keine Pistole, sondern ein Messer. Ein Freund hatte es ihm gegeben. Hussam nahm das Messer und schlich sich an das Kind heran, das auf dem Stuhl des Traumprogrammierers saß, und sagte: »Das gefällt mir nicht.« Der Junge hatte eine Tüte Mandarinen in der Hand, von denen er noch nicht eine einzige gekostet hatte. Hussam kam zu ihm, und während er seine eine Hand in die Tüte steckte und eine Mandarine herausholte, stieß er dem Jungen mit der anderen Hand das Messer in den Hals. Das Kind begann zu zappeln wie ein Huhn, das man mit heißem Wasser übergossen hat, dann fiel es tot zurück auf den Stuhl, ohne die Chance gehabt zu haben, aus dem Traum aufzuwachen. Alle im Traum Anwesenden ergriffen die Flucht, und vermutlich erwachten sie in diesem Augenblick alle aus ihren Träumen. Genau so ist es passiert. Genau so. Ich versichere es euch. Ich kenne alle Details: das Licht, wie das Kind erstickte und seine Seele aushauchte, sogar die Farbe des Messergriffs. Ich weiß alles. Alles. Sogar den Geschmack der Mandarinen in der Tüte kenne ich sehr gut. Denn ich war dort.

Das Aquarium

Wir nannten ihn Munir, wenngleich er nicht mehr war als ein Klumpen geronnenen Bluts in der Gebärmutter. Die Ärztin hielt ihn für eine Schwangerschaft. Ihre Vermutung wurde durch den aufgeblähten Bauch meiner Frau, das Ausbleiben ihrer Menstruation und die Schmerzen in den Eierstöcken gestützt. Der aufgeblähte Bauch war jedoch keine Folge der Schwangerschaft, sondern rührte von verschiedenen Entzündungen in der Gebärmutter, die wiederum durch unterschiedliche Medikamente zur Schwangerschaftsverhütung hervorgerufen worden waren. So hatte sie etwa drei Mal hintereinander »die Pille danach« eingenommen, von denen eine einzige dreißig Dollar kostet.

Es war gerade mal eine Woche her, seit wir uns kennengelernt hatten, und wir hatten nicht die Absicht gehabt, so rasch Sex miteinander zu haben. Aber der Sex rettete unsere Beziehung. Meine Frau hatte darauf bestanden, dass ich ihr meinen Penis zeigte. Sie liebte mich sehr, fürchtete aber, mein Penis könnte zu dünn sein. Die Länge interessierte sie nicht. Ausschließlich die Dicke. »Wenn er zu dünn ist, dann kann ich dich nicht heiraten.« Meinem Penis gebührte also das letzte

Wort in meiner Beziehung zu meiner Frau. Nicht meine Gefühle. Wir saßen im Auto und hielten auf der Autobahn an, im Schutz einer Straßenleuchte, die entweder defekt oder nicht angeschaltet war. Im Auto gelang es uns nicht, die kleine Lampe am Autohimmel einzuschalten, und da meine Frau meinen Penis nicht sehen konnte, befühlte sie ihn. Dann sagte sie: »Ich glaube, er hat die Form einer bestimmten Pilzart.« Einen Moment lang wusste ich nicht, ob ihre Bemerkung über meinen Penis abfällig oder anerkennend gemeint war, sie ließ mir jedoch keine Chance nachzufragen, sondern stürzte sich mit ihrem Mund auf ihn. Vor lauter Überraschung ejakulierte ich. Wir stritten, meine Frau stieg aus dem Auto, hielt ein Taxi an und verschwand. Dann schrieb sie mir eine SMS: »Zwischen uns ist alles *over*. Unsere Beziehung ist genauso schnell zu Ende, wie du gespritzt hast.« Ich musste sie dazu überreden, Sex zu haben. »Im Bett ist alles anders«, schrieb ich ihr. Und so kam es.

Um unsere Liebesbeziehung zu retten, hatten wir Sex. Täglich, zehn Tage hintereinander. In den ersten drei Tagen nahm meine Frau drei Mal hintereinander »die Pille danach«. Dann erzählte sie mir von einem britischen Liebhaber, der einen sehr dünnen Penis gehabt hatte. »Der war so dünn wie ein BIC-Kugelschreiber.« Zur Unterstützung seines Penis nahm der Freund zwei Finger zu Hilfe. Er legte sie um seinen Penis und steckte sie mit hinein. Und meiner Frau kam es vor, als habe er ihr eine Schraube aus Fleisch und Blut zwischen die Schenkel gesteckt. Jedes Mal benutzte er zwei andere

Finger. Er war ziemlich geübt darin. Manchmal weinte er. Und dann hielt er, während er mit ihr schlief, plötzlich inne und hob zu einem langen Monolog an, dessen Fazit war: Wie schön wäre es doch, wenn er, statt seine Finger zu benutzen, seinen Penis tauschen könnte. Sie erzählte, er habe sich als Freiwilliger einer humanitären Organisation im Irak angeschlossen, und sie habe nichts mehr von ihm gehört.

Munir war kein moderner Name. Meine Frau und ich wussten das, aber wir hatten ihn, in der Annahme, der Fötus sei männlich, aus Spaß gewählt. Dann glaubten wir daran, dass der Fötus männlich sei. Wir waren zu dem Schluss gekommen, dass die Persönlichkeit des Klumpens geronnenen Bluts männlich war, und unsere Beziehung zu ihm wurde enger. Ich wachte sogar manchmal in der Nacht auf, um den Bauch meiner Frau im Uhrzeigersinn in kreisförmigen Bewegungen zu streicheln, um mich zu versichern, dass Munir friedlich dalag, merkte das aber gar nicht. Wenn meine Frau morgens aufwachte, umarmte sich mich als Erstes und sagte: »Vielen Dank, Schatz.« »Wofür?«, fragte ich. »Weil du ein guter Vater bist.« »Ich?« Dann verstand ich, dass ich das im Halbschlaf gemacht hatte. Das passierte nicht nur einmal, sondern wiederholte sich fünf oder sechs Mal, bis ich gezwungen war, eine halbe Lexotanil zu nehmen, um nachts nicht mehr aufzuwachen und Munir zu streicheln.

Meine Frau kam zu dem Schluss, dass ich nur im Halbschlaf ein richtiger Vater sein könne. »Ich habe nichts dagegen, dass du die Kinder, alle unsere Kinder im Halbschlaf aufziehst«, sagte sie im Spaß. Damals gefiel mir der Scherz gar nicht. Aber jetzt, Jahre später, finde ich wirklich, dass ich dazu geeignet bin, unsere Kinder im Halbschlaf aufzuziehen, ich meine, unsere Kinder, die niemals zur Welt kamen oder kommen werden.

Munir, dem Blutklumpen, war es nicht beschieden zu überleben. Einen Tag vor unserer Hochzeit mussten wir ihn aus der Gebärmutter meiner Frau entfernen lassen, denn irgendwie hatte er etwas mit ihrem aufgeblähten Bauch zu tun, was womöglich einen Skandal verursacht hätte. Doch wir zögerten. Mehrmals stritten wir. Die Ärztin selbst war sich nicht sicher gewesen, ob der mysteriöse Klumpen ein Fötus war oder nur geronnenes Blut. Meine Frau meinte, wir hätten nicht das Recht, ein Kind seinem Aufenthaltsort zu entreißen. »Ein Kind?«, spottete ich. »Im Moment ist der Blutklumpen nicht bedeutsamer als Nasenblut oder das Blut von Hämorriden.«

Wir bemühten uns darum, von allen unseren verheirateten Freunden einen Ratschlag einzuholen, aber keiner hatte Erfahrung mit einem mysteriösen Ding in einer Gebärmutter wie bei uns. Die Ärztin entschied die Angelegenheit mit einem Telefonanruf. Es war elf Uhr nachts. »Ich übernehme keine Verantwortung. Wenn es an der Gebärmutterwand kleben bleibt, kann es Krebs auslösen«, sagte sie wütend und legte auf.

In jener Nacht nahm ich keine Lexotanil. Und tatsächlich erzählte mir meine Frau, als wir uns am nächsten Morgen anzogen, um zum Krankenhaus zu fahren, dass ich in der Nacht aufgewacht sei – ich meine natürlich, im Halbschlaf war – und begonnen hätte, ihren Bauch kreisförmig zu streicheln. »Du hast sogar geweint«, fügte sie hinzu. Ich enthielt mich jeglichen Kommentars und versuchte, so neben ihr herzugehen, als liefe ich neben einem kleinen roten Geist, der gerade der Milchflasche eines Kindes entfahren ist. Ich stritt mit ihr: »Ich möchte dir eine Frage stellen«, sagte ich. »Genießt du eigentlich den Sex mit mir?« Dann unterbrach ich ihr bejahendes Nicken: »Ich genieße es auch, ich liebe es. Es wird sicher einen neuen Munir geben, und wir werden ihn Munir nennen. Das meine ich vollkommen ernst.«

Wir bewahrten Munir in einem Reagenzglas auf. Als ich ihn das erste Mal in dem Laborröhrchen anschaute, hatte ich den Eindruck, er sei erschöpft. Das war direkt nach der Operation. Die Ärztin hatte ihre Erregung während der Operation nicht zügeln können. Als sie den Blutklumpen aus der Gebärmutter meiner Frau schabte, sagte sie mit Tränen in den Augen leise »yes«, weil sie sich sicher war, dass das, was da auf dem Skalpell in ihren Händen lag, kein Fötus war. Sie reichte uns das Reagenzglas und sagte: »Es ist nur ein Klumpen Blut. Sie können ihn vernichten, wie immer Sie wollen. Schauen Sie ihn genau an, um sich zu vergewissern.« Ehrlich gesagt, konnte ich nichts erkennen. Man kann einen Blutklumpen nicht von einem Fötus unterscheiden, der sich ganz, ganz am Anfang seines Wachstums befindet. Außer durch das Gefühl. Und mein Gefühl sagte mir, dass dieser ineinander verknotete Blutklumpen in dem Reagenzglas Munir war. Meiner Frau gegenüber ließ ich mir jedoch nichts anmerken. Ich war ungeheuer frustriert. Sie aber schloss die Augen und schlief auf dem Beifahrersitz ein, ohne ein Wort gesagt zu haben. Ich warf das Röhrchen in die Box, in der wir die CDs aufbewahren, startete den Motor, und wir fuhren los.

Ich kann mich nicht daran erinnern, jemals früher von einem Klumpen geronnenen Bluts fasziniert gewesen zu sein. Nicht vor Munir. Man findet selten einen Klumpen geronnenen Bluts, der betörend oder faszinierend ist. Die Klumpen Blut, die wir normalerweise im Fernsehen zu sehen bekommen, sind in einem besonderen Moment des Unglücks geronnen. Und, um objektiv zu sein, ich muss zugeben, dass sogar Munir, was seine Gestalt betrifft, hässlich war. Er unterschied sich in seiner Zusammensetzung nicht von irgendeinem anderen Klumpen Blut, den man von jemandes Bein, aus einem Magen oder dem Schleim einer Kehle entfernt hatte. Im Blutklumpenparadies würde man Munir ziellos umherirren sehen. Ihm war nichts Besonderes zu eigen. Würde er ein Schild in die Höhe halten, auf dem stände: »Ich wurde einer Gebärmutter entnommen«, würde keiner seiner Blutklumpenverwandten ihm glauben. Was mich aber an ihm faszinierte, war, dass er rein war. Ich weiß nicht, wie ich das erklären soll.

Munir hatte Ausstrahlung. Charisma. Immer wenn ich ihn in dem Röhrchen ansah, fand ich ihn heiter. Als sei er ein Stückchen von einer Leber, einer frischen Leber, die auf einer Barbecue-Party gegrillt werden will. Er war tiefrot. Ungetrübt, als wäre er niemals der Luft oder den Bakterien einer Gebärmutter ausgesetzt gewesen.

Das alles ist dreiundzwanzig Jahre her, meine Frau war fünfundzwanzig Jahre alt und ich dreißig. Wir hatten uns vorgestellt, dass das Entfernen des Klumpens geronnenen Bluts ein Leichtes wäre. Doch um Munir auszuschaben, der sich an die Wand der Gebärmutter gekrallt hatte, hatte die Ärztin meiner Frau einen Bauchschnitt machen müssen.

Er hockte jetzt in einer chemischen Lösung, eine Art Chloroform. Einige Zeit blieb er in dem kleinen Reagenzglas im Wohnzimmer, und niemand merkte, dass er ein Blutklumpen mit Namen Munir war, außer wenn wir das öffentlich verkündeten. Niemand stellt einen Klumpen geronnenen Bluts in seinem Wohnzimmer aus wie ein Kupfergefäß oder eine Tonvase oder einen in einem Souvenirshop erstandenen Teller. Einige unserer Freunde hingegen hätten sich gewünscht, etwas von ihren Verwandten, die bei einer Explosion oder einem Autounfall ums Leben gekommen waren oder deren Spur sich im Krieg verloren hatte, aufbewahren zu können. Ein Stück von der Wade oder eine Fingerspitze oder sogar einen Fußnagel oder Knöchel. Im Wohnzimmer steckten wir Munir in eine Camouflage gleicher Röhrchen, die Wasser und wertlose blaue, rote und grüne Plastikteilchen enthielten. Jede Woche wechselten wir die chemische Lösung. Es war eine diffizile und anstrengende Angelegenheit.

Später befanden wir, dass das Reagenzglas nicht mehr angemessen sei, und verfrachteten ihn in ein größeres Behältnis: ein Aquarium. Es war groß. Ein Aquarium, das für Lachse gedacht war. Wir stellten es an die Stirnseite des Wohnzimmers. Statt des 45-Inch-Plasmabildschirmfernsehers, den wir vor Jahren gekauft hatten, um Fußballspiele oder Filme, unter anderem Pornos, zu sehen. Ich muss zugeben, dass der Geruch der chemischen Lösung, Munirs Milieus, daraus aufstieg, obwohl wir das Aquarium fest verschlossen hatten. Aus diesem Grund wurden die Besuche von Freunden und Familienmitgliedern selten. Manchmal waren wir gezwungen, Atemmasken anzulegen oder die Fenster geöffnet zu lassen, egal ob es sonnig war oder regnete oder ob draußen geschossen wurde.

Am achtundzwanzigsten August, wenn Munir ein Jahr älter wurde, veranstalteten wir immer eine Party. Wir hielten das so, seit Munir zwei Jahre alt war. Genauer gesagt, seit wir erfahren hatten, dass die Gebärmutter meiner Frau bei der Operation in Mitleidenschaft gezogen worden war und keine Föten mehr tragen würde.

Jedes Jahr luden wir Kinder über das Internet ein, die so alt waren wie Munir. Wir schrieben folgende Anzeige: »Wenn du am 28. August geboren bist, dann bist du bei uns zu Hause zu deiner Geburtstagsparty eingeladen. Vergiss nicht, deine Freunde und Verwandten mitzubringen. Die Adresse lautet: ...« Auf diese Weise kamen all die eingeladenen Kinder mit ihren Eltern und Freunden bei uns zu Hause zusammen. Wir überreichten ihnen symbolische Geschenke, schnitten einen Kuchen für sie an und sangen »Happy Birthday to you«. In Sichtweite von Munir, der an der Vorderscheibe des Aquariums klebte, als würde er traurig zugucken. Und wenn uns eins der Kinder angeekelt nach diesem Flecken fragte, wofür wir es natürlich nicht tadeln konnten, sagten wir ihm die Wahrheit. Manchmal hörten wir einige Familien Dinge flüstern wie: »Die müssen geistesgestört sein, wenn sie sich einen Blutklumpen im Aquarium halten«, aber meine Frau und ich hatten vereinbart, den Kindern folgende Antwort zu geben: »Das ist unser Sohn Munir. Wir haben euch heute zu seinem Geburtstag zu uns nach Hause eingeladen.« Dann forderten wir alle auf, für Munir zu singen, so wie er im Aquarium für sie gesungen hatte. »Happy Birthday to you. Happy Birthday to you. Happy Birthday to Munir. Happy Birthday to you«, sangen wir zusammen mit den Kindern, die wegen dieses Klumpens geronnenen Bluts im Lachsaquarium verlegen waren.

So verlief normalerweise der 28. August eines jeden Jahres, als die Gäste Munir noch im Aquarium sehen konnten. Jetzt aber nicht mehr. Denn Munir bekam ein Problem. Man kann ihn nicht mehr sehen. Anfangs glaubten wir noch, das würde vorübergehen.

Wäre Munir ein normal gewachsenes Kind gewesen, hätten wir sicher eine Behandlung für ihn finden können. Aber weil er nur ein Klumpen geronnenen Bluts ist, ist das schwierig. Wie kann man einen Blutklumpen vor dem Schrumpfen retten? Denn genau das war passiert. Munir hatte begonnen zu schrumpfen.

Es begann vor ein paar Jahren. Jeden Tag verlor er ein Stückchen von sich selbst. Einige Zellen. Zuerst bemerkten wir nichts, aber als eines der eingeladenen Kinder sagte: »Munir war letztes Jahr aber größer«, und uns ein Bild von Munir auf seinem Mobiltelefon zeigte, bekamen wir Panik.

Unser Junge machte immer so weiter, bis keine einzige Zelle Blut mehr von ihm übrig war. Meine Frau und ich konnten nichts tun. Wir suchten Ärzte und Spezialisten auf, doch sie erwiesen sich alle als unfähig. Sie hatten immer nur die gleiche Antwort: »Das ist kein Kind. Das ist ein Klumpen geronnenen Bluts. Wollen Sie wirklich, dass ich einen Klumpen Blut behandle?« Schließlich gaben wir auf. Uns blieb nur noch die psychiatrische Medizin. Wir luden einen bekannten Psychiater zu uns nach Hause ein und erklärten ihm das Problem. »Glauben Sie, dass die Psychiatrie in der Lage ist, die Frustration eines Klumpens geronnenen Bluts zu kurieren?«, spottete er bösartig, während er das Aquarium betrachtete. Daraufhin beschlossen wir, Munir aufs Land zu bringen. Im Aquarium, denn Munir hatte bestimmt eine tierische Natur angenommen.

Ich kündigte meinen Job, und meine Frau tat dasselbe. Wir verkauften unsere kleine Wohnung zusammen mit allen Möbeln und packten Geschirr und Lebensmittel für die Anfangszeit in unser Auto. Ein Pick-up, der auf den Transport von Fensterscheiben spezialisiert war und das Aquarium des nicht mehr sichtbaren Munirs geladen hatte, fuhr hinter uns her. Nach unserer Ankunft waren wir erschöpft. Wir stellten das Aquarium ins Freie in die Sonne und legten uns auf eine Decke, die wir auf dem Gras davor ausgebreitet hatten.

Das Wetter war schön, um uns herum waren nur die zarten Geräusche des bekannten Konflikts zwischen Insekten und Vögeln zu hören, die niemand beachtet. Wir aber, die wir in der Hoffnung, Munir würde neu entstehen, auf das Aquarium blickten, schlummerten ein. Im Traum sah ich, wie wilde Tiere näher kamen und das Aquarium umstellten, um die chemische Lösung zu trinken, in der Munir sein Leben verbracht hatte. Ich versuchte, sie zu vertreiben, indem ich sie mit ungeöffneten Konservendosen bewarf, während meine Frau die Wasserflaschen, die wir mitgebracht hatten, auf sie schleuderte. Seltsam war nur, dass meine Frau die gleiche Geschichte träumte. Wir sprachen über Farben und Details und sogar über die Laute, die die Tiere von sich gegeben hatten, und stellten fest, dass alles gleich war. Die beiden Träume unterschieden sich in absolut nichts. »Das kann unmöglich einfach nur ein Traum sein«, sagte meine Frau. »Das sind Visionen.« Da lief uns ein kalter Schauer über den Rücken. Wir versuchten auf der Stelle, das Aquarium hochzuheben und das Weite zu suchen, doch es gelang uns nicht, wir konnten es noch nicht einmal von der Stelle rücken. Wie hatte das Aquarium plötzlich so schwer werden können? Wir fanden keine andere Antwort auf diese Frage, als dass Munir nicht fortwollte aus der freien Natur. Also blieben wir.

Für den Rest unseres Lebens bleibt uns nichts anderes übrig, als uns in der Bewachung des Aquariums abzuwechseln, Tag und Nacht, um Munir zu behalten. Wir hoffen nicht mehr, dass er eines Tages zu einem Kind heranwachsen wird, sondern nur, dass er zu uns zurückkehrt, wie wir ihn immer gekannt haben: ein Klumpen geronnenen Bluts. Mehr wollen wir nicht.

Eine andere Persönlichkeit

Ich werde jetzt mal hypothetisch annehmen, dass ich eine andere Persönlichkeit habe. Eine Persönlichkeit, von der ich momentan nichts weiß. Außer, dass sie nicht viel spricht. Und wenn sie auf der Straße oder auf dem Korridor einem Mann mit meiner jetzigen Persönlichkeit begegnen würde, dann würde sie auf ihn zueilen und ihm helfen.

Ich habe keine Vorstellung davon, welche Art Erfahrung sie machen wird. Alles, was ich für sie tun kann, ist annehmen, dass sie in meinem Alter ist. Sechsunddreißig Jahre. Und ich würde es begrüßen, wenn Laufen zu ihren Hobbys gehörte. Laufen in Sportstadien. Laufen auf Schulhöfen. In Spielzeugläden. Auf Partys. In Secondhand-Läden. Eine Persönlichkeit, die nichts anderes tut als laufen. Von einem Ort zum anderen. Und mit nur einem Bein. Darauf ruht sie sich aus. Laufen aber tut sie mit dem anderen Bein, dem verlorenen. Eine Persönlichkeit, die sich vorstellt, ein anderes Bein zu haben, mit dem sie läuft. Deshalb wird es eine Persönlichkeit sein, die nicht läuft. Eine Persönlichkeit, die alles kann außer laufen. Trotzdem ist sie perfekt konstruiert, sodass sie hundert Jahre so weitermachen kann.

Und wie alle Menschen wird sie Träume haben. Zum Beispiel auf einem Bein stehend zu angeln oder den Feuerwehrleuten dabei zu helfen, den Wasserschlauch zu halten. Oder sogar in eine Partei einzutreten und auf irgendeinen Feind zu schießen. Und wenn sie verhaftet wird, meine Persönlichkeit – denn das passiert normalerweise bei Niederlagen –, dann wird es nicht gelingen, sie in zwei Hälften zu zerreißen, weil sie nur ein Bein hat, und weil man, um jemanden erfolgreich in zwei Hälften zu reißen, zwei Beine braucht und zwei Autos, die in die entgegengesetzte Richtung fahren. Deshalb wird sie wieder freigelassen werden. Aber diese Erfahrung wird einen so tiefen Eindruck bei ihr hinterlassen, dass sie mit einem Bein zu laufen beginnt und sich auf dem verlorenen Bein ausruht. Und eines Nachts wird sie das Feuer auf die Feuerwehrmänner eröffnen, die vor ihr kapitulieren und ihr den Wasserschlauch überlassen. Auch wird sie Fische für die Feinde angeln, die ihr überschwänglich danken und sie an frühere Tage erinnern.

Zu ihren hervorstechenden Eigenheiten gehört, dass sie die ganze Zeit lügt. Sie lügt, um bei dem Mädchen zu bleiben, das sie liebt. Und das Mädchen, das ich liebe, findet das charmant und verliebt sich in sie. Nicht in mich, sondern in meine neue Persönlichkeit, weil sie endlich einen Menschen gefunden hat, der so ein Lügner ist wie sie selbst. Zu ihren Lieblingsgeschichten gehört, dass die Explosion, die Dutzende Menschen das Leben gekostet hat, sie nicht niederstrecken konnte, obwohl sie sich ganz in der Nähe des sprengstoffbeladenen

Fahrzeugs befunden hatte. Denn der Splitter war unterhalb der Amputation hindurchgesaust und hatte seinen Weg in Richtung eines Opfers hinter ihr gesucht. Und das ist nur logisch, weil die Chance, dass ein Splitter eine Nadel trifft, sehr gering ist. Ja, denn ich habe im Augenblick der Explosion meine Persönlichkeit ein weiteres Mal geändert, aus Rache an dem Mädchen und meiner neuen Persönlichkeit, die beide gemeinsam geflohen sind. Ich habe mir vorgestellt, dass ich nur eine Nadel bin, und dass das Opfer, das hinter mir war, meine erste Persönlichkeit ist, die bei dem Unfall ums Leben kam. Und die Nadel ist perfekt konstruiert, sodass sie hundert Jahre lang eine Nadel bleibt. Aber infolge von Feuchtigkeit und Rost, dort, wo man sie aufhob, hat sie den Geruch von Käse angenommen. Der Geruch ist so intensiv, dass er einen kleinen hungrigen Kater angezogen hat. Und der kleine hungrige Kater hat die Nadel verschluckt. Und mehr noch, er verschwand unter einem Auto und begann, vor Schmerz zu schreien. Er schrie in der Sprache der Katzen. Und diejenige, die ihn fand, war meine Mutter. Meine alte Mutter. Sie kam gerade vom Einkaufen auf dem Markt. Das klägliche Miauen des kleinen Katers erinnerte sie an etwas. Etwas, was sie verloren hatte. Etwas, was sie jetzt nicht genau fassen konnte. Denn das Miauen des Katers übertönte alles. Ich werde mal hypothetisch annehmen, dass meine Mutter den Kater mit nach Hause nahm, es ihr aber nicht gelang, ihn ins Haus zu bringen, weil mein Vater Katzen hasst, und dass sie beschloss, ihn im Korridor zu lassen und ihn zu behandeln. Und dass sie ihren Finger in die Mundhöhle des kleinen Katers steckte, aber nichts fand, und ihren Finger deshalb ein Stück weiter nach unten in die Kehle steckte (sie konnte das mühelos, weil ihre Finger zart und schmal sind), und noch ein wenig mehr, bis sie mich fand. Da wurde der Kater ganz ruhig. Er entspannte sich und schloss die Augen. Aber weil ich eine Nadel war, die sich genau daran erinnerte, dass sie die Persönlichkeit einer Nadel hat, stach ich in diesem Moment den Finger meiner Mutter. Meine Mutter war nun nicht mehr imstande, den Finger aus dem Maul des kleinen Katers zu ziehen, aber sie wollte nicht schreien und die Aufmerksamkeit meines reizbaren Vaters wecken, der drinnen eine Serie guckte; der Schmerz erinnerte sie an irgendetwas. Etwas, was sie verloren hatte, woran sie sich aber nicht mehr erinnern konnte, weil der Kater starb. Und wenn ein kleiner Kater erstickt, weil du ihm deinen Finger in die Kehle gesteckt hast, überlagert das all deine Verluste.

Der Wecker

Ich weiß nicht, was dieser Traum sollte, aber ich war gelähmt im Traum. In Träumen passiert es niemals, dass der Intelligenzquotient eines Menschen plötzlich in die Höhe schießt und der Mensch zum Beispiel, kurz vor dem Aufwachen, diesen Hightechstuhl erfindet, der in seinem Namen spricht, während ihm selbst die Tränen kommen und er allem zustimmt, was der Stuhl von sich gibt. Wenn du dich also in einer Klasse voller fauler und unaufmerksamer Schüler wiederfindest, kannst du nicht das Geringste machen. Und zwar weil du komplett gelähmt bist. Du bist noch nicht einmal imstande, zu sprechen oder dich zu räuspern oder deine Zunge zu bewegen oder gar die Hand auszustrecken, um den Wecker auszuschalten, von dem du nicht weißt, welcher dieser unverschämten Bengel ihn im Traum auf dein Pult gestellt hat. Und obwohl der Wecker so klein ist, dass du ihn unter normalen Umständen mit einem Schlag zum Schweigen bringen könntest, während du rufst: »Genug!«, ist sein fortgesetztes Klingeln doch in der ganzen Schule vernehmbar. Das verursacht ein riesiges Drunter und Drüber in den anderen Klassen, und es verbreitet sich ein Aufruhr, der sich sogar auf das Lehrerzimmer und den Kiosk erstreckt. Aber der Direktor nimmt jetzt Rücksicht auf deinen außergewöhnlichen Zustand, genau wie die anderen Lehrer auch. Deshalb kommt niemand in die Klasse und fordert dich oder einen der Schüler auf, den Wecker auszumachen, denn das würde dich moralisch zerstören, weil du der einzige gelähmte Kollege in der Schule bist.

Du bist dir deines Gelähmtseins nicht bewusst, weshalb sie dir die Chance geben, deinen Beruf als Lehrer auszuüben wie jeder andere Lehrer auch. Als wäre dir nie ein Unglück widerfahren. Jedenfalls bringt dich einer von ihnen jeden Tag mit seinem Auto zur Schule. Aber keiner von ihnen sagt dir die Wahrheit, denn das würde deinen Zustand noch verschlimmern, sodass du durch den Schock auch noch blind werden würdest. Dieses Risiko wollen sie nicht eingehen, denn dein Sehvermögen ist alles, was dir geblieben ist. Die Schüler aber sind es offenbar leid und werden immer dreister. Der Wecker scheint Ausdruck ihres Protests zu sein. Eine einzige Schülerin sieht dich mitleidvoll an. Zärtlich. Sie ist kurz davor, von ihrem Platz aufzustehen, zu deinem Pult zu kommen und den Wecker auszumachen, und du ermutigst sie durch die schnellen Schläge deines Herzens. Durch die Bewegung deiner Pupillen. Durch einen Tropfen Speichel, der dir langsam das Kinn hinunterläuft. Aber der Kleinen fehlt der Mut. Aus Angst, deine Gefühle zu verletzen, macht sie einen Rückzieher, dreht abrupt den Kopf in eine andere Richtung und konzentriert sich auf das Verhalten der anderen Schüler, die dich komplett ignorieren und so tun, als gäbe es überhaupt keinen Wecker, und als würdest du dir das alles nur einbilden oder davon träumen. Dann geschieht, was du kommen sahst. Genau das, was du befürchtet hattest. Und ich meine nicht, dass ich mich eingenässt oder mir die Hose vollgeschissen habe, ohne es zu merken, weil ich gelähmt bin. Oder dass mir zum Beispiel einer der Schüler in diesem Moment eine Ohrfeige verpasst oder in die Eier tritt, denn das könnte Lehrern, die sich einer guten körperlichen Konstitution erfreuen, durchaus passieren. Nein. Was ich meine, ist der Wecker. Denn wie ich befürchtet habe, stand der Wecker auf der anderen Seite des Pults. Des Lehrerpults. Ich meine, auf der Seite, die Teil der Realität war, die in die Sphäre des Wachseins gehörte. Und es war mir unter keinen Umständen erlaubt, die Hände aus meinem Traum hinauszustrecken, um das Klingeln zu beenden, denn das widerspricht den Regeln von Träumen. In Anbetracht meines elenden Zustands im Traum verfügte ich aber sowieso nicht über die Fähigkeit, das zu tun. Deshalb starrte ich das Ding weiterhin an, das schellte und heftig rappelte und gegen das Buch stieß und auf den Boden fiel und zerbarst, während ich immer noch mit weit aufgerissenen Augen auf meinem Bett im Schlafzimmer lag. Und offenbar geschah etwas ganz Schreckliches, oder war vor einiger Zeit geschehen, aber ich hatte es nicht gespürt – im Allgemeinen ist es mir nicht erlaubt, irgendetwas zu spüren –, denn ich sah, dass meine Mutter jammernd an

der Tür lehnte, sich jedoch nicht traute, näher zu kommen, genau wie die Schülerin. Stattdessen nahm sie
das Telefon, wie es andere wohl in solchen Fällen auch
tun würden, und führte ein Gespräch, entweder mit
meinem Vater oder dem Notarzt. Während ich noch
über meinen Traum nachdachte und mich fragte: »Und
was soll das?«

Marmeladenportion

Papa bringt eine kleine Portion Marmelade mit nach Hause, wie sie den Patienten im Krankenhaus, in dem er arbeitet, serviert wird. Er hebt sie in die Höhe und fragt: »Siehst du eine Portion Marmelade?« Ich antworte: »Nein.« Er führt seine Hand ein wenig näher an die einzige Lampe des Raums, die an der Decke hängt. »Und jetzt?« »Nein. Ich sehe nichts«, sage ich. »Vielleicht ist das Licht der Lampe zu schwach.« »Vielleicht«, antworte ich.

Er lässt die Portionspackung Marmelade auf bewundernswerte Weise aus den Fingern rollen, sodass sie auf seiner Handfläche liegen bleibt. Er schließt die Hand, sodass sie die Form eines Umschlags annimmt. Ein alter Trick, den er sich in der Krankenpflegerschule ausgedacht hat. Seine Hand ist jetzt ein Umschlag mit einer kleinen Portionspackung Marmelade darin. Mit einer Ecke des Umschlags drückt er gegen den Lichtschalter, und die Lampe erlischt. Dann betätigt er den Schalter noch einmal, und die Lampe geht wieder an.

Dann hält Papa die Marmeladenportion wieder in die Luft. »Ist es so besser?«, fragt er.

»Nein. Von meinem Platz aus sehe ich keine Marmelade«, sage ich.

»Komm ein bisschen näher. Du befindest dich am entferntesten Punkt im Raum«, sagt er.

Er hält seine Hand näher an die Lampe. Es scheint, als würde er die Marmeladenportion mit einem anderen alten Trick in die Lampe stecken.

Ich bin wirklich weit von Papa entfernt. Ich sitze neben dem Fenster auf einem Stuhl. Der Stuhl ist zu hoch; wenn ich darauf sitze, berühren meine Füße den Boden nicht.

Ich rutsche vom Stuhl und gehe zu Papa. Ich sage: »Papa, kannst du die Marmeladenportion in die Lampe stecken? Wenn du sie in die Lampe steckst, kann ich sie sehen.«

Er hebt seine Hand höher. Aber bevor ich bei ihm bin, fällt der Strom aus. Die Dunkelheit verschluckt Papa. Sie verschluckt seine Hand und die Marmelade.

»Siehst du, was passiert, wenn wir die Marmelade in die Lampe stecken?«, scherzt er. »Sie explodiert. Und die Marmelade verkohlt und macht das ganze Zimmer schwarz.«

Ich bleibe schweigend auf meinem Platz stehen.

Auch Papa bleibt einen Moment still, bevor er sagt: »Geh und drück die Sicherung runter!«

»In Ordnung. Ich gehe und drücke die Sicherung runter«, wiederhole ich, um Papa zu beruhigen.

Mit so schweren Schritten, als klammerte sich mir eine Schildkröte an jeden Fuß, bewege ich mich vorwärts. Ich stochere mit dem Finger in der Dunkelheit, als sei sie ein Tier, das ich kitzele und das mir seinen Bauch öffnet. Ich hebe den ersten Fuß und lasse die Schildkröte in seinen Bauch fallen. Ich hebe den zweiten Fuß und lasse die zweite Schildkröte fallen. Dann laufe ich davon.

Aber mein Finger stößt jetzt gegen Papa. Er springt in die Höhe, und die Marmeladenportion fällt ihm aus der Hand. »Hast du gehört? Das ist das Geräusch. Das Geräusch einer Portion Marmelade!«, sagt er begeistert und überspielt dabei seine Angst. Aber ich höre das Geräusch der Marmeladenportionspackung, die über den Boden rollt, bevor sie irgendwo liegen bleibt, wirklich nicht.

Papa rührt sich nicht vom Fleck. Er will die Marmeladenportion nicht verlieren. Obwohl unsere Wohnung klein ist. Ein winziges Zimmer, Küche und Bad. Aber zwischen unserem kleinen Zimmer, der Küche und dem Badezimmer liegt noch ein größeres Zimmer, der größte Raum der Wohnung. Papa hat ihn einem seiner Verwandten vermietet, von dem wir später erfuhren, dass er mit Waffen handelt. Papas Verwandter bringt viele Waffen und massenweise Munition mit nach Hause. Manchmal stellt er sich an die Zimmertür, und statt »Guten Morgen« zu Papa zu sagen, sagt er: »Was hältst du von diesem Stück? Es ist nur ein Muster. Ganz leicht zu bedienen. Aus Rumänien. Es hat ein super Fernrohr. Warum leihst du es dir nicht für ein oder zwei Tage aus? Hast du nicht mit irgendjemandem

Streit?« Papa hat noch nie eine Waffe gekauft. Und der einzige Streit, den er je hatte, ist der mit diesem Verwandten, der seine Miete nicht mehr bezahlt. Aber Papa traut sich nicht, sie einzufordern. Er glaubt, der Verwandte müsse ihm nicht nur die Miete, sondern auch eine Investition zahlen.

In der Hand, in der er keine kleine Marmeladen-portion hält, hat Papa eine Tüte. In der Tüte sind viele Kleenex-Tücher. Auch sein Reisepass. Und der Ausweis eines Parteiverantwortlichen. Papa betrachtet den Aus-weis als Waffe. Seine einzige Waffe. Manchmal lässt er die Waffe auf dem Tischchen liegen, sodass sein Ver-wandter sie deutlich sehen kann.

»Nachdem du die Sicherung runtergedrückt hast, komm durch diese Tür zurück«, flüstert er. Er steckt seine Hand in die Tüte und nimmt den Ausweis. Er dreht sich etwa zweihundertsiebzig Grad in Richtung der Zimmertür seines Verwandten, wo man das Ge-räusch das Ladens und Leerens der Waffen hört. Papa traut seinem Verwandten nicht. Er fragt mich: »Glaubst du, er ist drin?«

Die Marmeladenportion ist an seiner Tür liegen geblieben.

»Vielleicht«, sage ich kaum hörbar. Ich schließe da-raus, dass auch ich Angst habe.

Papa und ich, wir beide wissen, dass der Verwandte in seinem Zimmer ist. Papa hätte sich nur um neunzig Grad statt um zweihundertsiebzig drehen müssen. Es kommt mir vor, als wolle er mich begleiten, damit wir die Sicherung gemeinsam runterdrücken. Aber er denkt an das Marmeladendöschen.

Der Sicherungskasten befindet sich in der Küche. Um dorthin zu gelangen, muss ich aus einer Seitentür unseres Zimmers gehen, die in den Flur des Erdgeschosses führt, wo wir wohnen. Und vom Flur des Erdgeschosses gehe ich durch die Wohnungstür in die Wohnung, von wo man in die Küche und das Bad gelangt. Papa sagt: »Mach die Tür leise zu. Und beeil dich.«

In dem Gebäude gibt es Ratten, und was sie am besten können, ist in der Dunkelheit in die Wohnung huschen. Ich drücke die Tür ein Stück auf und gehe seitlich hinaus, während ich auf Fußbodenhöhe Tritte austeile, um die Ratten einzuschüchtern, für den Fall, dass es dort tatsächlich welche gab. Ich schließe die Tür leise, wie Papa es verlangt hat, um den Verwandten nicht zu verärgern, von dem wir nicht wissen, ob er sich überhaupt allein in seinem Zimmer aufhält oder mit einer anderen Person.

Ich taste mich an der Wand im Flur entlang und gelange zu unserer eigentlichen Wohnungstür. Ich hole den Schlüsselbund heraus, der immer in meiner Tasche steckt. Ich schließe die Tür auf und schiebe mich seitlich in die Wohnung hinein, während ich hintereinander mehrmals schnelle Tritte austeile, diesmal jedoch nach hinten. Ich nähere mich dem Sicherungskasten. Ich berühre den Schalter und drücke ihn hinein. Aber der Abo-Strom des Generators kommt nicht. Während ich mich jetzt in der Küche befinde, steht Papa immer noch dort an seinem Platz in unserem Zimmer. Zwischen mir und Papa liegt das Zimmer des Verwandten, das Papa und ich nicht durchqueren dürfen. Der Verwandte kann von seinem Zimmer aus durch eine eigene Tür in die Küche gelangen.

Von hier aus kann ich nicht mit Papa sprechen, denn ich müsste meine Stimme heben. Das würde den Verwandten vielleicht stören, der möglicherweise irgendetwas mit einem seiner Kunden zu schaffen hat. Entweder ich kehre in unser Zimmer zurück und warte mit Papa darauf, dass der Generatoren-Strom zurückkommt, oder ich bleibe in der Küche und checke den Schalter zwischen der Generatoren-Leitung und der offiziellen Stromleitung, oder ich gehe die Abo-Strom-rechnung bezahlen, denn vielleicht hat der Eigentümer des Stromgenerators uns den Strom abgestellt, weil wir die Rechnung nicht bezahlt haben. Jetzt die Rechnung zu bezahlen, ist zeitlich allerdings ziemlich ungünstig, denn es ist elf Uhr nachts. Von der Küche aus kann ich Papa nicht sehen. Genauso wenig wie er mich sehen kann. Ich weiß nicht, wie viele Minuten vergangen sind, bevor der Verwandte mit einer Waffe in der Hand aus seinem Zimmer kommt, weil ihm warm ist. Das macht er immer, wenn ihm warm ist. Er nimmt eine Waffe in die Hand und geht hinaus. Der Verwandte ist kurz davor, wütend zu sagen: »Das Teil hier ist Schmug-gelware aus Israel«, aber da tritt er auf die Marmeladen-packung. Sie platzt auf und besudelt seinen Fuß mit Aprikosenmatsch. Da drückt er ab.

Papa geht nicht mehr zum Arbeiten ins Krankenhaus. Im Krankenhaus gibt es keine Krankenpfleger,
die im Rollstuhl arbeiten. Aber er hat mit einem seiner
Kollegen vereinbart, dass er ihm zweimal in der Woche kleine Marmeladenportionen bringt. Obwohl er
nicht stehen kann. Er kann noch nicht einmal seinen
Rollstuhl mit den Händen rollen. Aber er hebt seinen
Kopf zur Lampe, wenn er mich ins Zimmer kommen
sieht. Obwohl ich kein Kind mehr bin. In der Lampe
finde ich eine Marmeladenportion. »Wie hast du das
gemacht?«, frage ich ihn. Aber Papa antwortet nicht.
Denn genauso wenig, wie er gehen oder seine Hände
bewegen kann, kann er sprechen. Er lächelt. Ich versuche, an das Marmeladendöschen zu gelangen, stelle
aber fest, dass das unmöglich ist, denn die Lampe hängt
zu hoch. Der Einzige im Haus, der sie herunterholen
könnte, ist unser Verwandter, und zwar mit einem
Schuss aus seiner Pistole.

Der Vorhang

Das Bett steht in der Nähe der Balkontür, und vor der Balkontür hängt ein Vorhang. Wenn wir miteinander schlafen, lässt meine Frau die Tür gerne offen und zieht den Vorhang zu. Unsere Wohnung liegt im siebten Stock, hier spielt der Wind. Die Luft weht durchs Fenster herein und durch die Tür wieder hinaus und bläst den Vorhang ein Stück zur Seite. Unser alter Nachbar, der Zwerg aus dem gegenüberliegenden Haus, schaut zu uns herüber und schreit: »Da fickt einer im siebten Stock!« Dann treten alle Leute aus ihren Wohnungen auf den Balkon. Unser Nachbar ruft das mit lauter Stimme, aber in einem so gesetzten Ton, als befände er sich in einem Literatursalon. Er blickt noch nicht einmal in unsere Richtung, während er seine Entdeckung kundtut.

Nichts hält mich davon ab weiterzumachen. Ich kann das nicht. Wenn ich aufhören würde, hätte ich den ganzen Tag schlechte Laune, und das würde sich negativ auf meine Frau auswirken, die immer, wenn ein Wort von mir sie trifft, sagt: »Ich will die Scheidung.« Und ich fordere sie dann auf, den Vorhang zuzuziehen, und zwar so, dass wir, während wir miteinander schlafen, sicher sein können, dass die Luft den Vorhang nicht in die Höhe weht. Wenn meine Frau ihren Orgasmus bekommt, spannt sie ihre Schenkel ganz stark an, genau wie ihre Fäuste. Ihr Körper wird dann doppelt so schwer. Beim letzten Mal zog sie, als sie ihren Höhepunkt erreichte, an dem Vorhang und riss ihn herunter. Der kleinwüchsige Alte, von dem ich glaube, dass er nichts anderes zu tun hat, als hinter uns herzuspionieren, sah das und verkündete schreiend: »Die Frau hat ihren Orgasmus.« Die Menschen liefen wie die Irren auf die Balkone, glotzten in unsere Richtung und gaben Kommentare ab. Manch einer sagte: »Ein richtiger Hengst«, einer klatschte, und einer stieß einen Pfiff aus.

Ich schlug meiner Frau vor, wir sollten ganz einfach die Balkontür geschlossen halten, doch sie lehnte ab. Aus einem respektablen Grund. »Wenn es dir beim Sex warm wird, mein Lieber, dann hältst du nicht lange durch. Stimmts?« Das stimmt. Und da der Strom im Viertel die meiste Zeit ausfällt, gab es nur die Lösung, entweder den Vorhang auszutauschen oder die Nachbarn.

Ich überlegte, dem Zwerg zu drohen. Oder mich an ihm zu rächen. Er vergällte mir meine schönsten Momente. Die Momente, wenn ich mit meiner Frau schlief. Wir beschlossen, den Vorhang gegen einen dickeren zu tauschen. Gleichzeitig plante ich, dem Zwerg einen Besuch abzustatten, um die Angelegenheit ganz ruhig mit ihm zu besprechen.

Der Mann war nicht verheiratet, und vielleicht beschäftigte er sich aus diesem Grund mit den Geschichten anderer Leute. Und er hatte keine Arbeit. Am Ende eines jeden Monats erhielt er von einem seiner Geschwister, die in den Vereinigten Staaten lebten, einen gewissen Betrag. Sie hatten ihm sogar angeboten, zu ihnen zu ziehen, aber er wollte nicht. Er sagte, er liebe diese Stadt. Und seit er entdeckt hatte, dass das junge Ehepaar, das kürzlich in dieses Viertel gezogen war, zwei- oder dreimal täglich miteinander schlief, verließ er den Balkon nicht mehr. Er hatte eine Krücke, und der Arzt hatte ihm geraten, er müsse unbedingt laufen. Doch statt zur Corniche hinunterzugehen, sah man ihn auf dem Balkon hin und her laufen, denn er wollte sich keinen einzigen Moment von unserem Sex entgehen lassen. Doch der Balkon war klein, und er hatte kein Gefühl für die Distanz. Er lief und lief, und nach zwei Wochen zeigten seine Beine Ermüdungserscheinungen. Sie waren wirklich sehr müde. Deshalb unterzog sich der Zwerg einer Operation, die jedoch misslang. Und so konnte er ohne die Hilfe eines Rollators gar nicht mehr laufen.

Vor zwei oder drei Wochen brach ein Feuer in seiner großen Wohnung aus, in der er allein lebte, und vernichtete seine gesamte Einrichtung und seinen Besitz. Der kleine Mann konnte gerade noch entkommen. Er konnte sich retten, und dankte seinem Gott dafür. Er benachrichtigte seine Geschwister, die ihm eiligst Geld schickten. Seit dem Feuer erscheint er nicht mehr auf dem Balkon. Und ich habe gehört, er beschuldige mich, ich hätte gegen ihn geklagt, weil er uns nachspioniert und geplant habe, meiner Frau und mir einen Skandal anzuhängen, er glaube, das ganze Feuer sei meine Rache dafür.

In Wirklichkeit sorgte ich mich um ihn. Meine Frau auch. Wir schoben jetzt, wenn wir Sex hatten, den dicken Vorhang, den die Luft nicht mehr bewegen konnte, ein Stück zur Seite, um zu sehen, ob der Zwerg auf dem Balkon stand oder nicht. Ich weiß nicht, ob wir uns an seine Stimme gewöhnt hatten oder ob uns seine Stimme beim Sex sogar angestachelt hatte. Jedenfalls stieg die Geschichte des Zwergs zu uns ins Bett. Statt miteinander zu flirten, fragten wir uns, was wohl mit ihm los war. Und mit der Zeit konnten wir nicht mehr miteinander schlafen.

Meine Frau bestand darauf, ihm einen Besuch abzustatten, und wir klopften tatsächlich an seine Tür. Er war überrascht, als er uns sah, und ließ uns eintreten. An den Wänden waren noch immer die Spuren des Feuers sichtbar. Er bot uns einen Saft an und begann, sich zu entschuldigen und zu weinen. »Verzeihen Sie mir. Sehen Sie, was Gott mir angetan hat!«, sagte er. Wir beteuerten, dass wir nicht wütend auf ihn seien, doch er war nicht überzeugt. Bis ich ihm beim Verlassen der Wohnung zuflüsterte: »Wollen Sie, dass wir Ihnen einen Beweis dafür liefern, dass wir Ihnen nicht böse sind?« Seine Augen begannen zu glänzen. Er nickte und antwortete: »Wie Sie wollen. Aber auf Ihre Verantwortung. Ich bin nicht dafür verantwortlich.« Ich lächelte.

Am nächsten Tag warteten wir, bis er auf den Balkon trat. Dann begannen wir, miteinander zu schlafen. Wir hatten den leichten alten Vorhang wieder aufgehängt, und tatsächlich, kaum erhob sich die erste Brise, hörten wir den Zwerg rufen: »Da fickt einer im siebten Stock. Der fickt nur für mich. Kommt bloß nicht auf eure Balkone, ihr Hurensöhne!«

Juan und Ausa

Hätte ich Juan nicht getroffen, hätte ich mein ganzes Leben lang meine schönsten Erfahrungen entbehrt. Juan war mit Ausa verheiratet, und so hatten sie sich kennengelernt: Ausa lebte damals in einer Kleinstadt in Spanien in einem kleinen Appartement im Erdgeschoss in einer Straße namens Pablo Deluca. Ihr einziges Fenster ging direkt auf die Straße hinaus. Und die Straße war eng. Ausa wusste nicht, dass dort jedes Jahr ein Stierkampfwettbewerb stattfand. Es ist einer dieser Wettbewerbe, bei denen der Stier so gereizt wird, dass er jeden, den er vor sich hat, auf die Hörner zu nehmen versucht. Einer der jungen Männer, die sich mit Begeisterung an diesem Wettbewerb beteiligten, war Juan. Um vor dem Stier durch die Straßen zu laufen, musst du keine Gebühren zahlen. Alles, was du tun musst, ist dich vor den Stier stellen und versuchen, ihm auszuweichen, wenn er sich anschickt, dir seine Hörner in die Brust zu rammen.

Juan war unerfahren, denn er hatte noch nie vorher an einem solchen Wettbewerb teilgenommen. An jenem Morgen hatte er gerade mit der sechzehnjährigen Nachbarstochter geschlafen. Danach wusch er seine

Hände nicht, sodass der Geruch ihrer Vagina an seinen Fingern haften blieb. Den ganzen Morgen verbrachte Juan damit, durch die überfüllte Straße zu laufen, sich seine Hand vors Gesicht zu halten und an den Fingern zu riechen. Es war das erste Mal gewesen, dass er Sex hatte. »An jenem Tag habe ich drei wichtige Dinge auf einmal erreicht«, erzählte er mir. Er hatte Ausa kennengelernt, er hatte das erste Mal Sex mit einer Minderjährigen gehabt, und zum ersten Mal kämpfte er in der Pablo-Deluca-Straße gegen einen Stier. Der Stier hatte nämlich ihn aus der Menge ausgewählt, aber nicht um seiner Männlichkeit willen, sondern wegen des Geruchs der Vagina unter seinen Fingernägeln. Juan kehrte dem Stier den Rücken und floh durch die Straße, wie es sich gehörte. Er war begeistert und hatte gleichzeitig Angst, denn dieser Wettbewerb unterschied sich von anderen. Hier musste der Mann, den der Stier verfolgte, dem Stier ein Klebeband um die Hörner binden. Wenn ihm das nicht gelang, hatte er verloren und seinen Ruf als echter Mann verspielt.

Die Organisatoren hatten Klebebandrollen an die Menschen verteilt und sie aufgefordert, sie dem Mann zuzuwerfen, den der Stier auswählen würde. Und dieser Mann (in diesem Fall Juan) musste eine dieser Rollen fangen, das Band aufrollen und es dem Stier um die Hörner wickeln, was bedeutete, dass er von Zeit zu Zeit im Laufen innehalten musste, um sich dem Stier entgegenzustellen.

Was nun geschah, war, dass der Geruch der Vagina

den Zorn des Stiers derart erregte, dass er Juan nicht mal Luft holen ließ. Juan rannte, so schnell er konnte, das Klebeband hielt er verkrampft umklammert. Die Menschen bekamen Mitleid mit ihm, denn das rasende Tier, das mindestens siebenhundert Kilo wog, verfolgte ihn unbarmherzig. Juan sprang von einem kleinen Vorsprung, stieg auf einen Müllberg, rannte an einer Mauer entlang, doch der Stier ließ nicht von ihm ab. So blieb Juan nur die Möglichkeit, sich durch Ausas Fenster zu werfen, die das Spektakel beobachtete. Natürlich ist es ein gutes Omen, wenn ein hübscher junger Mann durch dein Fenster springt, aber wenn du siehst, dass ihm ein Stier folgt, gerätst du in Panik. Ausa erzählte mir, dass sie sich in den kleinen Schrank unter der Spüle verkroch und Juan und den Stier in der Wohnung miteinander ringen ließ. Dabei wurde der Schrank zertrümmert, das Bett zerbrach, und der Lüster, den der Stier mit seinen Hörnern traf, fiel zu Boden und zerschellte, genau wie einige wertvolle Stücke aus Porzellan, die Ausa in verschiedenen Regionen Spaniens gesammelt hatte. Da wurde sie furchtbar wütend. Sie kroch aus ihrem Versteck in der Küche und schnappte sich ein großes Messer. Sie drehte sich, stand mit dem Stier Kopf an Kopf, und bohrte ihm das Messer von der Seite in die Schulter. Der Stier stürzte zu Boden, und Juan nutzte die Gelegenheit, sich auf ihn zu stürzen und ihm das Klebeband um die Hörner zu wickeln.

Inzwischen hatten sich die Menschen vor dem Fenster versammelt. Sie konnten jedoch nicht sehen, was geschah, denn alles, was Juan und Ausa mit dem Stier taten, spielte sich im Flur der Wohnung ab. Dreizehn Männer wurden schließlich gebraucht, um den Stier hinauszumanövrieren. Seine Hörner waren mit Klebeband umwickelt, und das Blut floss ihm von Hals und Kopf. Für die Leute war Juan ein Held, doch als sie den Stier zur Behandlung in den Stall brachten und das Klebeband von seinen Hörnern lösten, stellten sie fest, dass am Band der Geruch einer Vagina haftete.

Juan versprach Ausa, alles wieder in Ordnung zu bringen, was der Stier zertrümmert hatte. Tatsächlich verbrachte er über zwei Wochen damit, den Schrank zu reparieren und den Fensterrahmen auszubessern, der durch die Hufe des Stiers gebrochen war. Eigentlich hätte die Arbeit an der Wohnung weniger Zeit in Anspruch genommen, doch Juan arbeitete langsam und redete viel. Er erzählte Ausa alles über sein Leben, außer über das Mädchen, mit dem er an jenem Morgen geschlafen hatte, bevor er durch Ausas Fenster gesprungen war. Er war dreißig Jahre alt. Und Ausa siebenundzwanzig.

Die Bewohner der Pablo-Deluca-Straße meinten, dass der Stier der Bruder jenes Mädchens sein müsse, mit dem Juan geschlafen hatte, denn in jenem Städtchen glaubte man an die Verwandtschaft von Stieren und Menschen. Ohne diese Verwandtschaftsbeziehung wäre der Stier nicht so wütend geworden. Die Männer drohten Juan, ihn zur Rechenschaft zu ziehen. Sie mussten also die Identität dieses Mädchens herausbekommen, das die Schwester des Stiers war. Sie holten alle Mädchen aus ihren Wohnungen und forderten sie auf, an dem Stier vorbeizulaufen, der mit einem großen Stück Stoff auf dem Kopf im Stall stand. Er sollte das Mädchen erkennen, mit dem Juan geschlafen hatte. Und tatsächlich, als sich das minderjährige Mädchen dem Tier näherte, machte der Stier einen Schritt auf das Mädchen zu und brüllte ihm ins Gesicht. Der Vater des Mädchens drohte, Juan vor den Augen des Stiers im Stall zu hängen. Juan musste eine Lösung finden. Er leugnete die ganze Geschichte vor Ausa und weinte und forderte sie auf, ihm zu helfen. Die ganze Nacht lang dachten sie über eine Lösung nach. Schließlich hatten sie eine Idee. Juan würde das minderjährige Mädchen heiraten und Ausa den Stier. Natürlich nur der Form halber. Das wäre die Lösung. Denn die Bewohner der Pablo-Deluca-Straße hatten entschieden, dass das Mädchen ihren Bruder, den Stier, nicht mehr verlassen dürfe und sich um ihn kümmern müsse, als Entschädigung für die Schande, die es ihm angetan hatte. Und so geschah es. Nach kurzer Zeit bestiegen Juan, Ausa, das Mädchen und der Stier einen kleinen Lastwagen und zogen aus dem Viertel fort.

Auf dem Weg begann der Stier zu brüllen und zu schreien, denn die Erschütterungen des Lastwagens verursachten ihm Schmerzen in der Schulter mit der noch nicht verheilten Wunde. Das provozierte den Fahrer, der sie allesamt von seinem Fahrzeug warf. Nachdem sie einige Zeit auf der Straße gewartet hatten, hielt Juan ein

Auto an. Er verhandelte mit dem Fahrer, dann stiegen er und Ausa in das Auto und forderten das Mädchen auf, zusammen mit seinem Stierbruder dort zu warten, bis Juan mit einem Pick-up zurückkäme. Doch Juan und Ausa ließen das minderjährige Mädchen und ihren Stierbruder einfach dort stehen und nahmen Reißaus. Sie hörten nie wieder von ihnen. Juan und Ausa heirateten, zogen um und wohnen und arbeiten heute als politische Aktivisten bei mir in der Nähe.

Meine Freundschaft mit Juan begann, als er sah, wie ich mit meinen Hörnern eine auf den Müll geworfene Schultafel durchbohrte. Ich war allein und langweilte mich, und mein einziges Ansinnen war, mir die Zeit zu vertreiben und einigen Katzen und arbeitslosen Bauern meine Kräfte vorzuführen. Das war kurz nach dem letzten Krieg. Ich hatte aufgehört, aufs Feld zu gehen, denn mein Herr war gestorben, nachdem ein großer Granatsplitter seine Leber zersetzt hatte.

Jedenfalls zog ich nie wieder das Wasserschöpfrad. Juan kaufte mich den Söhnen des Bauern ab und brachte mich zu sich in den Garten seines großen Hauses. Ich habe, im Gegensatz zu allen anderen Stieren, kein Seil mehr um den Hals, halte mich immer im Garten auf und tue nichts, außer seinen und Ausas Geschichten zu lauschen und die Bosheiten der Kinder über mich ergehen zu lassen. Ausa befiehlt ihnen, mich mit Guave zu füttern, während sie mich mit Wasser und Seife wäscht. Meiner Meinung nach sind Juan und Ausa verrückt. Denn immer, wenn Juan mich daliegen sieht, kommt er zu mir und fragt flüsternd: »Wie geht es deiner Schwester?« Ich schüttele einige Male den Kopf, was er folgendermaßen interpretiert: »Es geht ihr gut. Sie ist mit ihrem Vater auf dem Weg hierher.« Dann beginnen Ausas Muskeln zu zucken, die beiden streiten, und ich höre sie wie gewöhnlich darüber diskutieren, mich bald zu töten. Doch das trauen sie sich nicht, weil ich ein Stier bin. Ich aber langweile mich, weil ich mich nicht an dem Gespräch beteiligen kann. Ich beiße von ein paar Früchten ab, die neben mir liegen, schlafe ein und wache erst auf, wenn es mir passt. Und ich denke, wirklich, wenn ich Juan nicht getroffen hätte, der mit Ausa verheiratet ist, ich hätte mein ganzes Leben lang meine schönsten Erfahrungen entbehrt.

Die Geschichte einer kurzen Ehe

Ein Lager im Dschungel, eine Stadt der Verlorenen: Dinesh, ein junger Mann, versorgt Verletzte, läuft ziellos umher, sucht nach Sinn in den Regungen seines Körpers. An das Gesicht seiner getöteten Mutter erinnert er sich nicht mehr. Er ist allein. Jede Nacht fallen Bomben, und er weiß, dass er wahrscheinlich bald stirbt, doch der Gedanke macht ihm keine Angst. Dann bittet ihn ein alter Mann, seine Tochter zu heiraten, Ganga. Er hofft, dass Dinesh für sie sorgen wird. Ganga ist eine junge, ernsthafte Frau – und nun seine Frau. Und so versuchen die beiden, die Fremdheit zu überwinden, ihre unerwartete Nähe zu erkunden, bevor der Krieg sich wieder über ihnen schließt. In unvergesslichen Szenen lässt Anuk Arudpragasam die menschliche Existenz in ihrer ganzen Würde aufscheinen.

»Ein kostbarer, würdiger Text, vor dem man sich als Leser verneigen möchte, und das Stärkste, was man der Armseligkeit und Erbärmlichkeit des Terrors entgegensetzen kann.«
NDR Kultur

»Da es keine Aussicht auf Errettung gibt, zählt nur der Augenblick, der eine stille, aber existenzielle Wucht entfaltet. Subtil und feinfühlig geschrieben, mit einem atemberaubend dramatischen und herzzerreißenden Ende. Kaum zu glauben, dass dies ein Debütroman ist.« *Buchreport*

»Inmitten all der Härte legt Arudpragasam etwas frei, das es in dieser rohen Form selten zu entdecken gibt: Das Ringen eines Menschen um seine Menschlichkeit.« *Deutschlandfunk*

Der letzte Granatapfel

An Bord eines Bootes, das ihn zusammen mit anderen Flüchtlingen in den Westen bringen soll, erzählt Muzafari Subhdam seine Geschichte. Nach einundzwanzig Jahren Gefangenschaft in der Wüste begibt er sich auf die Suche nach seinem Sohn, in einem Land, das er nicht mehr kennt.

Die Stadt der weißen Musiker

Als man dem kleinen Dschaladat die Flöte zum ersten Mal in die Hand drückt, entlockt er ihr Klänge, die alle verzaubern. Im Krieg muss er in einer namenlosen Stadt der Bordelle all seine Kunst wieder verlernen. Ein rätselhaftes Mädchen beschützt ihn und führt ihn auf einen Weg in die Tiefen seines Landes, der unsere Vorstellungskraft übersteigt.

Perwanas Abend

Für Perwana und ihre Freundinnen hat das tägliche Leben unüberwindbare Grenzen. Die Väter, die Brüder, aber auch die tyrannischen Hüterinnen von Sitte und Glauben sitzen ihnen im Nacken. Eine nach der anderen verschwindet aus der Stadt – zusammen mit ihrem Geliebten. Wo ziehen sie hin?

»Sofort versteht man, warum der Autor in seiner Heimat Kultstatus genießt. Wie konnte ein solcher Autor sich vor unserem Buchmarkt so lange verbergen? Wir werden noch viel von ihm hören und lesen.« *Stefan Weidner, Süddeutsche Zeitung*